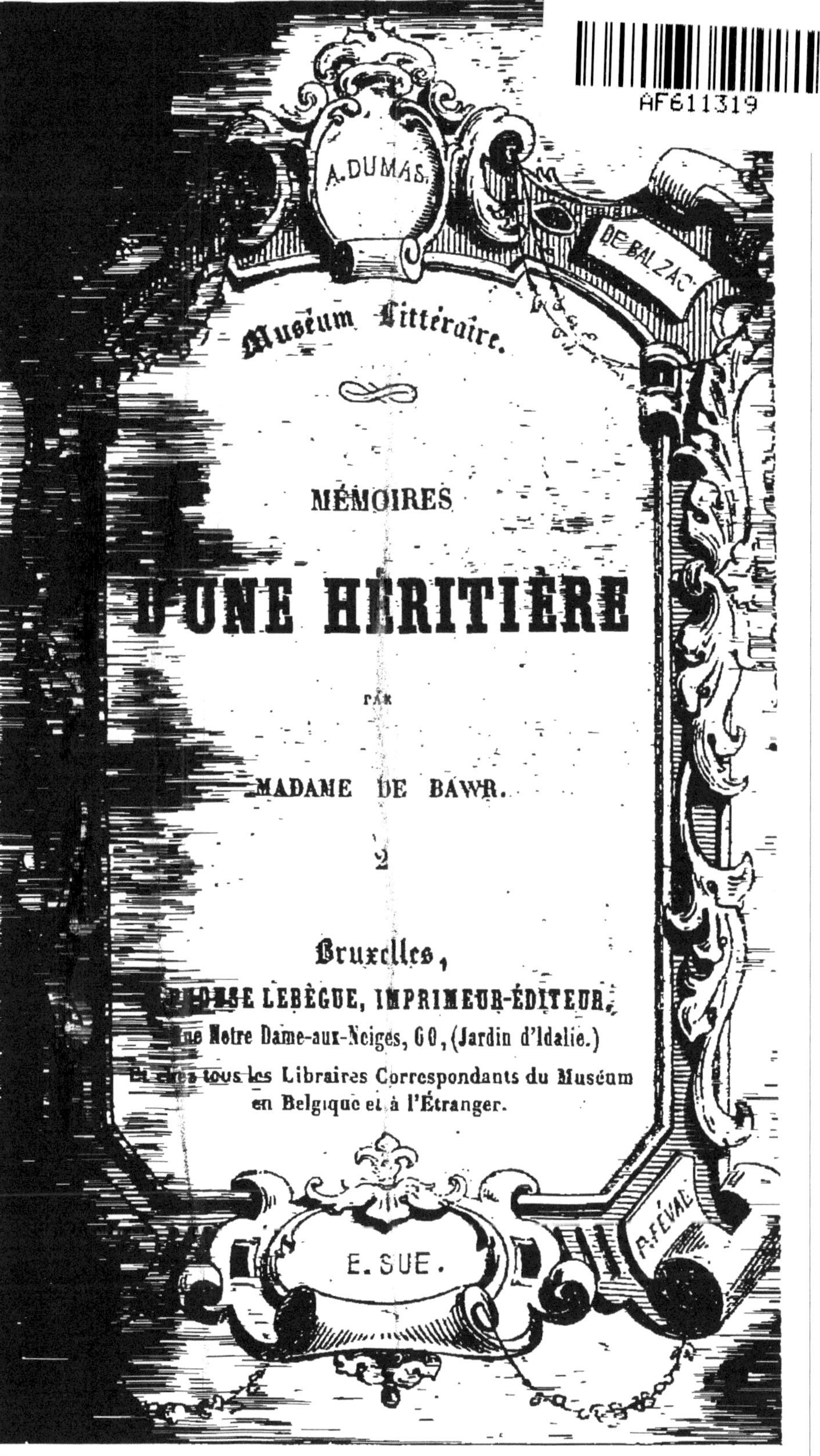

Muséum Littéraire.

MÉMOIRES

D'UNE HÉRITIÈRE

PAR

MADAME DE BAWR.

2

Bruxelles,

[illegible]ONSE LEBÈGUE, IMPRIMEUR-ÉDITEUR,

Rue Notre Dame-aux-Neiges, 60, (Jardin d'Idalie.)

Et chez tous les Libraires Correspondants du Muséum en Belgique et à l'Étranger.

MÉMOIRES

D'UNE HÉRITIÈRE.

MÉMOIRES

D'UNE HÉRITIÈRE

PAR

MADAME DE BAWR.

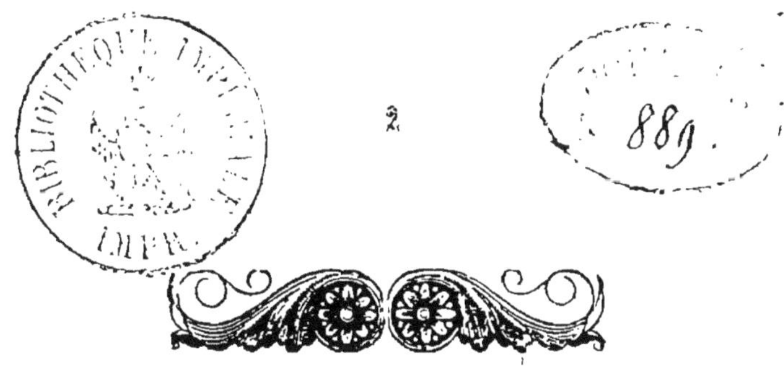

BRUXELLES,

ALPHONSE LEBÈGUE, IMPRIMEUR-ÉDITEUR,

Rue Notre-Dame-aux-Neiges, 60.

(Jardin d'Idalie, 1.)

1852

MÉMOIRES

D'UNE HÉRITIÈRE.

—

Une ressource.

A son retour au logis, Cécilia apprit avec quelque surprise que M. et mistress Harrel se trouvaient seuls dans le salon, et comme elle était encore dans l'escalier, mistress Harrel en sortit, disant avec vivacité : Est-ce mon frère?

Avant qu'elle eût le temps de répondre, M. Harrel parut et demanda avec la même impatience si c'était M. Arnott.

— Non, répondit Cécilia; l'attendiez-vous donc si tard? — Oui, dit M. Harrel, et je l'ai attendu toute la soirée; je ne saurais imaginer ce qu'il est devenu.

— Il est bien cruel, reprit mistress Harrel, qu'on ne puisse le trouver dans un moment où l'on a si grand besoin de lui. Cependant, j'espère qu'il sera encore assez tôt demain matin. — C'est ce que je ne sais pas, s'écria M. Harrel, Reeves est un si grand misérable, que je suis persuadé qu'il me fera toute la peine qu'il pourra.

M. Arnott entra dans cet instant.

— Ah! mon frère, dit mistress Harrel, que vous nous avez manqué! il est venu ici un homme qui a furieusement tourmenté M. Harrel, et nous avions grand besoin de vous pour que vous prissiez la peine de lui parler. — J'aurais été charmé de pouvoir vous être utile, répondit M. Arnott; peut-être arrivé-je encore assez tôt. Qui est cet homme? — Ah! dit négligemment M. Harrel, ce n'est que le garçon d'un fripon de tailleur; il a eu l'impudence, parce que je ne le paye pas précisément au moment où il a jugé à propos d'avoir besoin de son argent, de remettre son compte à un certain Reeves, procureur avide, qui est venu lui-même ici dans la soirée, et qui n'a pas craint de me parler assez cavalièrement. Je lui promets que je n'oublierai pas de sitôt son impertinence; je désirerais pourtant bien m'en débarrasser. — Et à combien se monte ce compte? dit M. Arnott. — Mais à une assez grosse somme. Je ne sais comment cela se fait; on se trouve, avant de s'en douter, devoir beaucoup plus qu'on n'imagine : ces drôles, avec leurs fournitures de toute espèce, enflent à tel point leurs mémoires, que pour des misères, dont je me souviens à peine, je lui dois, dit-il, trois à quatre cents livres.

Il s'ensuivit un silence général, jusqu'au moment où mistress Harrel, prenant la parole :

— Mon frère, dit-elle, ne pourriez-vous pas nous prêter cet argent? M. Harrel assure qu'il ne tardera pas à vous le rendre. — Oh! oui, très-promptement, ajouta celui-ci, car je dois toucher avant peu une somme considérable, et je voudrais seulement jusque-là imposer silence à ce drôle. — Eh bien! si j'allais le trouver et lui parler? répliqua M. Arnott. — Oh! c'est une bête brute! un caillou! s'écria M. Harrel; il n'y a que l'argent qui puisse le satisfaire, il n'entendra aucune raison.

M. Arnott paraissait très-embarrassé, et, sur les instances de sa sœur, qui le pressait de ne point perdre de temps, il dit avec douceur :

— Si cet homme voulait seulement encore attendre huit ou quinze jours, il me ferait grand plaisir, car je ne pourrais prendre à l'avance une si forte somme sans me déranger beaucoup; cependant, s'il est impossible de l'apaiser autrement... — L'apaiser! interrompit M Harrel, vous apaiseriez plutôt les vagues pendant la tempête. Cet homme est plus dur qu'un rocher.

M. Arnott, alors, s'efforçant de sourire, dit que, dès le lendemain matin, il allait s'efforcer de trouver l'argent. Il se préparait à partir, lorsque Cécilia, révoltée de ce qu'on abusait avec cette indécence de tant d'affection et de bonté, pria mistress Harrel de passer avec elle dans la chambre voisine, et dès qu'elles furent seules :

— Empêchez, je vous prie, ma chère amie, qu'on ne rende votre digne frère victime de sa générosité, et permettez que ce soit moi qui oblige M. Harrel. Je puis me faire avancer cette somme sans aucun inconvénient, tandis que je serais au désespoir que

M. Arnott, qui fait un si noble usage de son argent, fût obligé d'en emprunter à des conditions onéreuses;

— Vous êtes on ne peut pas plus obligeante, répondit mistress Harrel, je vais leur en parler tout de suite; mais, que ce soit vous ou mon frère qui nous prêtiez cet argent, M. Harrel ne tardera pas à le rendre.

Cette proposition éleva un débat assez long. M. Arnott ne voulait absolument pas qu'on l'acceptât, M. Harrel, au contraire, préférait ce dernier parti, disant qu'il était très-indifférent que ce fût l'un ou l'autre qui lui avançât cette somme, puisqu'il était sûr de la rendre tout de suite. Dans le combat de délicatesse et de générosité qui s'ensuivit entre M. Arnott et Cécilia, cette dernière, bien décidée à ne point céder, finit par l'emporter; il fut convenu qu'elle irait le lendemain matin chez M. Briggs, le seul de ses tuteurs qui fût chargé de ses intérêts pécuniaires, pour qu'il lui remît cet argent.

Dès que Cécilia, rentrée chez elle, put réfléchir à la légèreté ruineuse de M. Harrel et de Priscilla, elle reconnut tout le danger de leur situation. La pitié et l'indignation qu'elle avait ressenties en voyant à quel point on abusait de la bonté de M. Arnott, avaient pu seules la porter à secourir un homme dont la conduite attestait l'égoïsme le plus condamnable, l'injustice la plus criante envers ses créanciers et l'indifférence la plus coupable à l'égard de ses amis, dont il n'hésitait pas à compromettre la fortune pour satisfaire à son luxe. Elle se flattait néanmoins qu'après l'avoir tiré de ce mauvais pas, elle pourrait essayer d'ouvrir les yeux de son amie sur les maux dont elle était menacée, afin de la résoudre à diminuer sa dépense, avant qu'il fût trop tard pour éviter sa ruine totale.

Elle se proposa de profiter de la circonstance pour demander, outre la somme qu'elle allait prêter à M. Harrel, l'argent qui lui était nécessaire pour acquitter le compte du libraire et mettre à exécution le projet qu'elle avait formé en faveur de la pauvre famille Hill.

Le lendemain, elle se leva de bonne heure, et partit, suivie de son laquais, pour se rendre chez M. Briggs. Le temps étant clair et à la gelée, elle prit le parti d'aller à pied, et de revenir en chaise avant l'heure du déjeuner.

Elle avait fait très-peu de chemin, quand elle vit une grande foule se rassembler et les fenêtres de toutes les maisons se garnir de spectateurs. Elle chargea son domestique de prendre des informations, et elle apprit que ce peuple était là pour voir passer des criminels que l'on allait conduire à Tyburn *.

Dans la crainte de rencontrer ces malheureux, elle se hâta d'enfiler une rue voisine, qu'elle trouva pareillement remplie par ceux qui couraient pour assister à ce spectacle. Tout passage lui étant bouché, elle s'adressa à une servante qui se tenait devant la porte d'une grande maison, et la pria de vouloir bien lui permettre d'entrer jusqu'à ce que la foule fût dispersée. Cette femme y consentant aussitôt, elle monta et resta dans le corridor, tandis que son domestique allait lui chercher une chaise.

Celui-ci ne tarda pas à revenir; mais au moment où elle descendait l'escalier, un homme qui le montait rapidement, se rangeant pour la laisser passer,

(1) Lieu d'exécution.

s'écria tout à coup : Miss Beverley! Et elle reconnut le jeune Delvile.

— Je ne saurais m'arrêter un seul moment, dit-elle, continuant à descendre en toute hâte, je crains que la foule n'empêche ma chaise d'avancer et lui ferme le passage. — Refuserez-vous, avant de partir, répliqua-t-il en lui présentant la main, de me faire part des nouvelles que vous avez apprises? — Des nouvelles! répéta Cécilia, je n'en ai appris aucune. — Vous vouliez donc me plaisanter quand vous avez refusé les offres officieuses que je vous ai faites? — Je ne sais de quelles offres vous voulez parler. — J'avoue qu'elles étaient superflues; il n'est par conséquent point étonnant que vous les ayez oubliées. Où voulez-vous qu'on vous conduise? — Chez M. Briggs. — Chez M. Briggs! répliqua-t-il; peut-être vous y fera-t-on de nouvelles propositions, tout aussi déplacées et tout aussi vaines que les miennes. Puis après avoir transmis ses ordres aux porteurs, il la salua et rentra dans la maison qu'elle venait de quitter.

Cécilia, très-étonnée de cette courte et inintelligible conversation, aurait désiré le rappeler pour qu'il s'expliquât plus clairement; mais la foule devenait telle qu'elle n'osa s'arrêter davantage. Elle eut assez de peine à gagner les rues voisines, et ce qui venait de se passer l'occupait au point que, lorsqu'elle arriva chez M. Briggs, elle avait presque oublié le motif qui l'y amenait.

Le petit laquais qui vint la recevoir à la porte, lui dit que son maître y était, mais qu'il ne se portait pas très-bien.

Elle pria l'enfant de l'avertir qu'elle avait à lui

parler d'affaires, et que s'il ne pouvait la voir à présent, il eût la complaisance de lui indiquer l'heure à laquelle il la recevrait.

Le petit laquais revint et lui dit qu'elle pourrait revenir le jour de la semaine suivante qui lui conviendrait le mieux.

Cécilia, pensant qu'un aussi long retard détruirait l'effet de ses bonnes intentions, prit le parti de lui écrire. En conséquence, elle entra dans la salle et demanda de l'encre et du papier.

Le petit laquais, après l'avoir fait attendre assez longtemps dans un appartement sans feu, lui apporta une plume et un peu d'encre dans une soucoupe cassée, en disant :

— Mon maître vous prie de la ménager, car c'est tout ce que nous avons, et il ne nous reste plus de noir. — Du noir! répéta Cécilia. — Oui, madame; ordinairement, après que les souliers de mon maître ont été noircis, le reste nous sert à faire un peu d'encre.

Cécilia promit d'en avoir soin, et le pria d'aller lui chercher une feuille de papier.

— Mon Dieu, madame! s'écria-t-il, je vous assure que mon maître aimerait autant vous donner un morceau de son nez; je vais pourtant la lui demander.

Il revint au bout de quelques minutes, et lui apporta une ardoise et un morceau de mine de plomb, en guise de crayon, disant :

— Mon maître dit, madame, que vous n'avez qu'à lui écrire là-dessus; car il pense que vous n'avez rien de bien important à lui demander.

Cécilia, stupéfaite d'une avarice aussi sordide, fut obligée de se conformer à cette manière de correspondre; mais comme la pointe du crayon était fort émoussée, elle demanda au petit garçon un couteau pour la tailler. Il obéit, en la priant de ne point le dire à son maître, qui ne taillait cette mine de plomb qu'une seule fois dans l'année, et qui le punirait sévèrement s'il savait qu'il eût donné un couteau.

Cécilia écrivit donc sur l'ardoise pour lui demander comment elle devait écrire et lui faire parvenir le reçu de six cents livres, qu'elle le priait de lui avancer immédiatement.

Le petit garçon revint tout effaré, et levant les mains vers le ciel :

— Mon Dieu, miss! s'écria-t-il, il se passe de belles choses là-haut! mon maître est en fureur. Il va s'habiller et descendre. — Garde-t-il le lit? demanda Cécilia; j'espère qu'il ne se lève pas pour moi? — Non, miss, il ne garde pas le lit; mais quand il est seul à la maison, il reste bien peu couvert. Vous saurez, miss, que le jour qu'il est sorti avec les habits de notre ramoneur, il est revenu ici dans un état que vous ne pouvez pas vous imaginer. Je crois qu'on l'avait traîné dans le ruisseau, et Marie le pense aussi. Depuis il a toujours été malade. Nous n'en sommes pas fâchés, Marie et moi; car il est si près regardant! et pourtant il a des monts d'or. — Bien, bien, dit Cécilia, qui ne voulait pas encourager son babillage, si j'ai besoin de quelque chose, je vous appellerai.

Mais le petit garçon, content de pouvoir jaser, n'en continua pas moins aussitôt :

— Marie ne veut plus rester chez lui qu'une semaine, parce qu'elle prétend qu'elle meurt de faim. Il est vrai, miss, qu'il ne nous donne qu'un peu de viande salée et puante, à laquelle un chien ne tournerait pas, et depuis huit jours nous ne mangeons que des harengs secs et moisis. Cela peut vous faire juger du reste et vous montrer comme il nous traite pour tout ce qui est des.....

Il s'arrêta tout court en entendant M. Briggs descendre l'escalier, et après avoir mis son doigt sur sa bouche, comme pour recommander le secret à Cécilia, il regagna précipitamment la cuisine.

On peut facilement croire que la maladie et le négligé n'embellissaient point M. Briggs. Sa robe de chambre et son bonnet étaient de laine; sa barbe noire, n'ayant pas été faite depuis plusieurs jours, était longue et sale; de plus, il portait un emplâtre de papier gris sur le nez et un second sur l'une de ses joues, ce qui achevait de rendre sa figure hideuse.

Cécilia lui fit beaucoup d'excuses de l'avoir dérangé, et s'informa avec intérêt de sa santé.

— Assez mal, dit-il avec humeur. Tout cela vient de cette vilaine mascarade; je souhaiterais n'y avoir pas été. — Quand votre maladie a-t-elle commencé, monsieur? — M'est arrivé un accident; suis tombé, me suis cassé la tête, ai pensé perdre ma perruque. Voudrais que la mascarade fût au diable. — Êtes-vous donc tombé, monsieur, en retournant chez vous? — Oui, oui, tout mon long dans le ruisseau. Craignais d'avoir déchiré mes habits, le coquin me les aurait fait payer; n'avais plus ma perruque, et en la cherchant suis retombé sur la face, croyais ne pouvoir plus me relever. — Vous vous êtes fait reconduire par un fiacre, j'espère? — Pourquoi? pour rendre l'affaire encore plus mauvaise? L'était-elle pas déjà assez? Payer encore deux schellings? —Mais comment vous êtes-vous trouvé, monsieur, quand vous ave été rentré chez vous? — Comment? mouillé comm un rat; tête très-enflée, joues toutes meurtries, ne gros comme le poing, obligé d'y porter un emplâtre à moitié ruiné en vinaigre. Gagné un gros rhume; m'a donné la fièvre; point bien depuis. — Vous aurie dû, monsieur, faire venir un médecin. — A quoi bon pour qu'il me farcisse de drogues? Une fois me sentais fort mal, croyais partir, en ai envoyé cherche un, m'en a coûté une guinée; la lui donnai à la quatrième visite : jamais revenu... Promets bien que n'en aurai plus de ma vie.

Apercevant alors sur la table quelques parcelles de la mine de plomb :

— Qu'est-ce que ceci? s'écria-t-il en colère, qui est-ce qui a taillé mon crayon? Souhaiterais qu'il fût pendu? Doit être le petit drôle, mérite les étrivières...

Cécilia se hâta d'avouer qu'elle était la seule coupable.

— Fort bien, fort bien, reprit-il, me l'étais imaginé, avais déjà deviné la chose; rien que ruine et dissipation. Demander de l'argent, besoin de six cents livres! qu'en faire? Jeter dans la Tamise. Les donnerai pas, rien de plus sûr. Non, non, n'aurez jamais rien de pareil ou d'approchant. — Je ne les aurai pas! s'écria Cécilia très-étonnée; pourquoi non, monsieur? — Les garderai pour votre mari. En ai un en vue.

Cécilia, prête à se fâcher tout de bon, l'assura qu'elle avait réellement besoin de cet argent pour une affaire qui ne souffrait aucun délai.

Il ne fit pourtant pas la moindre attention à ce qu'elle put dire, l'assurant qu'il ne voulait point entendre parler de pareilles extravagances, et qu'il était très-décidé à ne point lui avancer un sou.

Aussi choquée que surprise, Cécilia, qui se croyait engagée d'honneur à ne point révéler les secrets de M. Harrel, garda quelques instants le silence; mais, venant à se rappeler le libraire, elle prit le parti de lui alléguer cette raison, persuadée du moins qu'il ne pouvait lui refuser l'argent nécessaire pour acquitter une dette.

Il l'écouta avec le plus grand sang-froid.

— Livres! dit-il, qu'avez-vous à faire de livres? sont bons à rien; paroles et mots procurent pas d'argent.

— Le conseil arrive trop tard, monsieur; j'ai acheté ces livres, je ne puis par conséquent me dispenser de les payer.

— Renvoyez-les. — Cela est impossible, monsieur, il y a déjà longtemps que je les ai, le libraire ne voudrait pas les reprendre. — Le faut! le faut! s'écria-t-il; ne peut les refuser; bien heureux encore de les avoir; êtes encore mineure, ne saurait vous faire payer un denier.

Cécilia l'entendit avec indignation lui conseiller cette bassesse, et lui dit qu'elle ne suivrait jamais un pareil avis. Il ne s'en obstinait pas moins à lui refuser sa demande.

— Votre oncle vous a laissé une belle fortune, disait-il; aurai soin qu'elle passe en bonnes mains, vous procurerai un mari sage et économe. — Je n'ai nulle intention, monsieur, répliqua-t-elle, d'anticiper sur le revenu des biens que m'a laissés mon oncle; je me crois obligée en conscience de ne jamais les excéder, puisqu'une condition du testament peut m'en enlever le fonds. Mais quant aux dix mille livres du bien de mon père, je les regarde comme m'appartenant plus particulièrement, et je me crois maîtresse d'e disposer à ma volonté. — Quoi! s'écria-t-il en fureur, les livrer à un coquin de libraire! les échange contre des chiffons! non, non, ne souffrirai pas, n'e sera rien.

Quelque chose que pût lui dire Cécilia, il ne céd point, et elle se vit enfin obligée de partir, parc qu'il se plaignit que le papier qui lui servait d'emplâtre commençait à se sécher et à avoir besoi d'être trempé de nouveau dans le vinaigre.

Le mécontentement qu'éprouvait Cécilia, d'un pareille conduite, redoublait à l'idée de retourne chez M. Harrel sans pouvoir remplir sa promesse Aucun moyen ne se présentait à son esprit pou vaincre l'entêtement de cet insigne avare, si c n'était celui de s'adresser à M. Delvile, qui consentirait peut-être à intercéder en sa faveur; et bien qu'il lui en coûtât beaucoup de solliciter un homm aussi hautain, comme il ne lui restait que ce seul expédient, sa générosité l'emportant sur sa répugnance, elle dit à ses porteurs de se rendre à Saint-James'Square.

Comme elle arrivait à la porte de la maison, elle aperçut le jeune Delvile qui rentrait.

— Encore! s'écria-t-il, en lui donnant la main pour sortir de sa chaise, je crois qu'un bon génie me favorise ce matin.

Cécilia lui dit qu'elle venait d'aussi bonne heure, parce qu'elle désirait seulement parler à M. Delvile pour une affaire qui n'exigeait que deux minutes.

Il la conduisit jusqu'au haut de l'escalier, alla lui-même avertir M. Delvile, et revint immédiatement lui dire que son père se rendrait près d'elle dans un moment.

Le propos singulier qu'il lui avait tenu lorsqu'ils s'étaient rencontrés pour la première fois dans la matinée, ne lui était pas sorti de l'esprit, et elle voulut le faire s'expliquer sur ce sujet, en rappelant la situation désagréable dans laquelle il l'avait trouvée quand elle avait fui le spectacle des criminels qu'on conduisait à Tyburn.

— Réellement? s'écria-t-il, d'un ton qui décelait son incrédulité, était-ce là l'unique motif qui vous portait à vous arrêter? — Certainement, monsieur, quel autre pouvais-je avoir? — Aucun, sûrement, reprit-il en riant; j'avoue que cet événement extraordinaire m'a paru placé bien à propos. — Bien à propos? répéta Cécilia étonnée; comment, bien à propos? voici la seconde fois ce matin que je me trouve dans le cas de ne pas vous entendre.

Il se contenta d'abord de rire, et ne répondit rien; mais remarquant qu'elle paraissait impatientée, il lui dit d'un air moitié gai et moitié grave :

— Comment se peut-il que les jeunes personnes, celles mêmes dont les principes sont les plus sûrs, viennent à se persuader qu'en général, dans toutes les circonstances où il est question de leur penchant pour quelqu'un, elles doivent user de dissimulation, et qu'il est convenable de nier aujourd'hui ce qu'elles se feront une gloire et un plaisir d'avouer demain?

Cécilia, qui l'écoutait avec une extrême surprise, attacha sur lui des regards sérieux, et elle attendit qu'il s'expliquât plus clairement.

—Comment vous étonnez-vous, continua-t-il, que j'aie cru voir une exception dans miss Beverley, et que je me sois flatté de trouver plus de candeur et de franchise chez une personne qui a donné des preuves incontestables de son bon esprit et de son d cernement. — Vous me surprenez plus que je saurais vous le dire, répondit Cécilia; en quoi pu je avoir manqué de candeur et de franchise? — l permettez-vous de m'expliquer? — Vous me feri un bien grand plaisir. — Me permettez-vous enco de vous dire ce qui m'a charmé, aussi bien que qui a causé ma surprise? — Vous me direz tout que vous voudrez, pourvu que vous deveniez intell gible. — Pardonnez donc la franchise que vous exige et permettez-moi de vous témoigner toute l'estin que m'inspire la noblesse de votre conduite. Vivai entourée des jouissances que donne la fortune, libı de disposer de vous-même, quoique soumise encoı à l'autorité de vos tuteurs, comblée par la nature d ses dons précieux, dédaigner l'homme opulent, l rang, le crédit, pour relever le mérite abattu et donne des richesses à celui qui en est digne, c'est montre des sentiments rares et qui doivent être loués hau tement. — Je m'aperçois qu'il est inutile que je vou presse de parler, car plus j'écoute et moins je com prends. — J'en reviens donc à ma première question Comment se peut-il qu'une jeune personne, qu agit avec autant de dignité et de désintéressement, renonce à sa simplicité naturelle pour déguiser la vérité? Pourquoi rougir de ce qui est louable et cacher des sentiments dignes de l'approbation générale? — Vraiment, vous me tourmentez! s'écria Cécilia avec un peu d'impatience, pourquoi ne vous expliquez-vous pas plus clairement? — Et vous, madame, répondit-il en riant, pourquoi voulez-vous me forcer à devenir plus impertinent? Ne vous ai-je pas dit des choses assez extraordinaires? —

ès-extraordinaires sans doute, car je n'y com-
ends absolument rien. — Daignez donc me les par-
nner et les oublier. — Il voulut alors changer
entretien, mais Cécilia, après avoir réfléchi pen-
nt quelques instants, dit tout à coup : — Peut-
re, monsieur, voulez-vous parler de M. Belfield?
Heureuse conjecture! s'écria-t-il avec un sourire
illeur; je ne peux que m'étonner qu'elle vous soit
nue à l'esprit. — Eh bien, monsieur, repartit-elle
avement, j'avoue que je commence à saisir votre
ée, mais je ne saurais imaginer ce qui a pu vous
faire naître.

L'arrivée de M. Delvile mit fin à leur conversa-
on.

Tandis que ce dernier, donnant carrière à sa vanité,
excusait de s'être fait attendre sur l'impossibilité
il se trouvait sans cesse de disposer d'un moment,
qu'il parlait longuement du grand nombre de gens
d'affaires qui accablent un homme de haut rang et
e haut patronage, son fils avait disparu, et Cécilia,
ns écouter un mot de ce qu'il disait, se tourmentait
esprit en vaines conjectures sur ce qui venait de se
sser. Elle voyait Mortimer bien persuadé qu'elle
vait des engagements avec M. Belfield, et bien qu'elle
mât mieux qu'il soupçonnât celui-ci plutôt que sir
obert, elle n'en était pas moins mortifiée de ne pou-
oir le convaincre de son indifférence pour tous les
eux.

Elle fut enfin tirée de sa rêverie par M. Delvile,
ui lui demanda en quoi il pouvait lui être utile.

Elle lui répondit qu'ayant un pressant besoin de
x cents livres, elle espérait qu'il ne s'opposerait pas
ce qu'elle se fît avancer cette somme.

— Six cents livres! répéta M. Delvile après moment de réflexion, c'est beaucoup, il me semb pour une jeune personne et dans votre position. pension qu'on vous assigne est déjà très-forte, v n'avez encore ni train de maison ni équipage, et vo dépense ne peut pas être bien considérable.

Il s'arrêta et parut réfléchir à cette demande.

Cécilia, fâchée de passer pour extravagante, trop généreuse pour faire mention de M. Harrel, encore recours au compte du libraire qu'elle dit ê fort pressée d'acquitter.

— Un compte de libraire! s'écria M. Delvile, av vous besoin de six cents livres pour payer un com de libraire? — Non, monsieur, répondit Cécilia bégayant, il ne me faut pas tout cet argent pour cela mais.... j'en ai besoin de même pour d'autres affair — Mais quel compte enfin, reprit-il d'un air tou fait surpris, quel compte une jeune miss peut-e avoir chez un libraire? Le Spectateur, le Babillard le Mentor moderne suffisent pour former la bibli thèque d'une femme. Je vous dirai même qu'u lady, soit qu'elle doive ce titre à sa naissance ou à fortune, ne doit jamais se dégrader en se piquant passer pour savante.

Cécilia le remercia de son conseil, mais elle ajou que malheureusement elle le recevait trop tar puisque les livres étaient en sa possession.

— Et comment, répliqua-t-il, avez-vous fait u pareille emplette sans me consulter? Il me semb vous avoir dit que mes avis seraient toujours à vot service, quand vous croiriez en avoir besoin. — Vou avez eu en effet cette bonté, monsieur; mais, vou sachant aussi occupé que vous l'êtes, j'ai crai d'abuser de vos moments. — Je ne saurais blâmer votre circonspection, et puisque vous avez contracté cette dette, l'honneur exige que vous y satisfassiez. M. Briggs a toute votre fortune entre les mains, mes nombreuses occupations ne m'ayant point permis de me charger de ce dépôt, ainsi c'est à lui qu'il faut vous adresser. Les choses étant telles que vous me les exposez, je ne m'opposerai pas à ce qu'il vous remette cette somme. — J'ai déjà parlé à M. Briggs, mais... — Vous avez donc été d'abord chez lui? dit M. Delvile en l'interrompant d'un air très-mécontent. — Je ne voulais point vous déranger, monsieur.

Alors elle lui apprit le refus de M. Briggs, et le supplia de lui faire la grâce d'intercéder en sa faveur auprès de lui, pour qu'il cessât de lui refuser cet argent.

Chaque mot qu'elle prononçait irritait la fierté de M. Delvile à un point inimaginable, et quand elle eut fini, la regardant avec indignation :

— Moi! intercéder auprès de M. Briggs! s'écria-t-il, moi devenir votre agent!

Cécilia, tout interdite à la vue de cette colère, s'excusa cent fois d'avoir osé lui faire une pareille demande; mais, sans l'écouter, il se promenait de long en large, s'écriant :

— Votre agent! et près de M. Briggs! voilà un affront auquel je n'aurais jamais dû m'attendre. Pourquoi me suis-je dégradé moi-même en acceptant cette humiliante tutelle? Puis, se tournant vers Cécilia : — Mon enfant, ajouta-t-il, pour qui me prenez-vous donc?

Cécilia, quoique très-offensée à son tour, n'en continua pas moins à l'assurer qu'elle avait pour lui le plus grand respect; mais, l'interrompant avec hauteur :

— Si vous jugiez de ma personne et du rang que j'occupe dans le monde par M. Harrel et M. Briggs, je pourrais me voir exposé chaque jour à des propositions semblables : permettez donc que pour votre instruction, je vous apprenne que le chef d'une ancienne et honorable famille est autorisé à se croire un peu au-dessus de gens à peine sortis de l'obscurité et de la poussière.

Confondue par ce reproche altier, Cécilia devint incapable de chercher à se justifier plus longtemps. M. Delvile remarqua sa consternation, et se flattant de lui avoir donné une assez haute idée de sa dignité, il lui dit avec plus de douceur : J'imagine que votre intention n'était pas de m'insulter.

— Qui, moi, monsieur! s'écria Cécilia, rien au monde n'était plus loin de ma pensée; si mes expressions ont eu quelque chose de répréhensible, c'est mon ignorance du monde qu'il faut seule en accuser. — En voilà assez; c'est fort bien; n'y pensons plus.

Elle lui dit alors qu'elle ne voulait point le détourner plus longtemps, et sans dire un mot qui pût rappeler sa demande, elle prit congé.

Il ne la retint pas; mais au moment où elle sortit, il lui dit d'un ton gracieux :

— Ne pensez plus à ma colère, car elle est passée; je vois que vous ne sentiez pas la conséquence de ce que vous me proposiez, je suis fâché de ne pouvoir vous obliger à cet égard : en toute autre occasion disposez de moi; mais vous connaissez M. Briggs, vous l'avez vu de vos yeux; jugez donc vous-même s'il est possible qu'un homme de quelque considération ait la moindre chose à démêler avec lui.

Cécilia en convint, et lui ayant fait sa révérence, elle sortit.

Une exhortation.

Mistress Harrel et M. Arnott attendaient le retour de Cécilia avec la plus grande impatience; elle leur apprit avec douleur le peu de succès de sa tentative. M. Harrel écouta ce récit avec un mécontentement visible, et M. Arnott, aussitôt, l'engageant à n'y plus penser, lui offrit de nouveau ses services et l'assura que, sans avoir égard aux inconvénients qui pourraient en résulter pour lui, il sacrifierait tout pour tranquilliser sa sœur.

Cécilia, extrêmement mortifiée de ne pouvoir faire les mêmes offres, demanda à M. Harrel si l'influence qu'il devait avoir sur M. Briggs n'aurait pas plus de succès que la sienne.

— Non, non, répondit-il, le vieux taquin n'en persisterait que plus à refuser. J'en sais la raison, au reste : il joue sur les fonds, et je gagerais bien qu'il se sert de votre argent tout comme du sien propre. Il est vrai qu'il vous reste encore une ressource... mais je crains qu'elle ne soit pas de votre goût... quoique je ne puisse dire pourquoi... cependant il vaut mieux n'y plus penser.

Cécilia le pressa de s'expliquer, et après quelque résistance, il insinua qu'il savait un moyen sûr par lequel, avec très-peu d'inconvénients, elle pourrait emprunter cette somme.

Par suite de l'éloignement naturel qu'éprouve une jeune personne à la première idée de contracter une dette volontaire, Cécilia fut d'abord révoltée de cette proposition. M. Harrel, s'apercevant de sa répugnance, se tourna du côté de M. Arnott.

— Eh bien! mon cher et bon frère, lui dit-il, j'ai peine à souffrir que vous vendiez vos actions aussi désavantageusement; néanmoins le besoin que j'ai dans ce moment est si pressant... — N'en parlons plus, s'écria M. Arnott; je suis très-fâché d'en avoir dit un mot; d'ailleurs, vous savez que tant qu'il me restera quelque bien, il sera à votre disposition et à celle de ma sœur.

Les deux beaux-frères allaient sortir ensemble; mais Cécilia, bien plus par intérêt pour M. Arnott que pour M. Harrel, les arrêta pour demander par quel moyen elle pourrait parvenir à se faire prêter cet argent. M. Harrel semblait hésiter, elle insista, et il finit par lui dire qu'il connaissait un juif, de la porbité duquel il avait des preuves incontestables, et qui, attendu le peu de temps qui restait à s'écouler jusqu'à sa majorité, lui donnerait à un intérêt très-modique tout ce qu'il lui plairait d'emprunter.

Cécilia frémit au nom de juif et à l'idée d'emprunter sur intérêt; mais la générosité de M. Arnott excitant la sienne, elle consentit à se servir de cette ressource.

M. Harrel affecta de s'y opposer et fit quelque résistance : M. Arnott protesta qu'il aimerait cent fois mieux vendre ses actions au plus bas prix, que d'y consentir; mais tout ce qu'il put dire ne fit qu'encourager encore plus Cécilia dans sa résolution, en augmentant son estime pour ce bon et honnête jeune homme.

Son peu d'expérience dans les affaires de ce genre ne lui permettant pas de se mêler de celle-ci, elle s'en remit de tout aux soins de M. Harrel, le chargea d'emprunter six cents livres aux conditions qu'il jugerait raisonnables et promit d'en donner son billet.

Plus empressée de subvenir aux besoins de la pauvre famille Hill que d'obliger un prodigue extravagant, Cécilia n'avait voulu rien rabattre de ce qu'elle avait inutilement demandé à M. Briggs, et M. Harrel, bien qu'il parût un peu surpris de la somme, ne fit aucune question.

Jamais affaire ne fut plus promptement terminée. M. Harrel ne perdit pas un instant; tout fut arrangé dans la matinée. Cécilia remit au juif son billet de six cents livres avec l'intérêt au taux qu'il avait exigé, en donna trois cent cinquante à M. Harrel, qui lui en fit sa reconnaissance, et garda le reste pour l'usage auquel elle l'avait destiné.

Elle se proposait dès le lendemain matin de régler ses comptes avec le libraire, lorsque, étant descendue dans la salle pour déjeuner, elle fut un peu surprise d'y trouver M. Harrel qui s'entretenait sérieusement avec sa femme. Craignant d'interrompre un tête-à-tête si peu ordinaire, elle voulait se retirer; mais M. Harrel la rappela et lui dit : Je vous prie de revenir, vous n'êtes point de trop. Je faisais part à Priscilla d'une aventure assez désagréable, suite du malheur qui s'attache à me poursuivre. Vous saurez que je me trouve avoir un besoin pressant de deux cents livres, seulement pour trois ou quatre jours, et j'ai fait dire à l'honnête Aaron de se rendre tout de suite ici avec cet argent : il arrive qu'il est allé à la campagne dès qu'il a eu fini hier avec nous, et il ne reviendra pas de la semaine : je ne crois pas qu'il existe dans le monde un autre juif qui veuille me fournir de l'argent aux mêmes conditions : ce sont de si infâmes usuriers, que je frémis de m'adresser à eux.

Cécilia, qui comprit parfaitement bien où il en voulait venir, et qui était révoltée de son manque de délicatesse et de son astuce, n'avait point la moindre envie de rien changer à la destination de l'argent qu'elle avait gardé; elle se contenta donc de répondre que cela était fâcheux.

— Ah! cela est désespérant! s'écria M. Harrel, car l'intérêt exorbitant que je vais être forcé de donner, sera de l'argent dépensé en pure perte.

Cécilia, sans paraître comprendre ces insinuations, se mit à déjeuner. Alors M. Harrel dit qu'il allait prendre le thé avec elle, et tandis qu'il étendait du beurre sur des tartines de pain grillé, il s'écria, comme se rappelant tout à coup quelque chose qu'il aurait oublié :

— Mon Dieu! maintenant que j'y pense, je crois, miss Beverley, que vous pourriez me prêter vous-même cette somme pour un jour ou deux; dès que le vieux Aaron sera de retour, je vous la rendrai.

Toute généreuse qu'était Cécilia, elle n'aimait pas à s'en laisser imposer. Le procédé de M. Harrel lui parut si bas et sa ruse si grossière, qu'elle répliqua, sans hésiter, qu'ayant destiné d'avance l'argent qu'elle avait reçu la veille, elle ne pouvait plus en disposer.

M. Harrel, très-piqué de cette réponse, qu'il n'avait pas attendue, se mit à fredonner entre ses dents, tout en avalant à plusieurs reprises une tasse de thé, et parut bientôt se remettre.

Au bout de quelques minutes, il tira la sonnette, et dit à un laquais d'aller chez M. Zacharie pour le prier de venir sur-le-champ lui parler.

— Maintenant, dit-il d'un ton mêlé de reproche et de colère, la chose est faite. J'avoue que je redoutais de tomber dans de pareilles mains; car, dès qu'on s'y trouve une fois, il est bien difficile de s'en tirer... Jusqu'à présent je m'en étais préservé; mais la nécessité n'a point de loi. M. Arnott ne peut pas me secourir; ainsi, les choses iront leur train. Priscilla, pourquoi devenez-vous si grave? — Je pense combien il est malheureux que mon frère soit hors d'état de nous prêter cet argent. — Oh! n'y pensez plus. Je ne tarderai pas à me tirer des mains de cet homme... je l'espère, au moins. Ce qui est bien sûr, c'est que j'en ai l'intention.

Cécilia commença à être un peu inquiète. Elle regarda mistress Harrel, qui paraissait fort troublée; en sorte qu'après un moment d'hésitation, se tournant vers M. Harrel :

— Est-ce réellement la première fois que vous avez recours à ce Zacharie? lui dit-elle. — Je ne me suis adressé de ma vie qu'au vieux Aaron : je redoute toute cette race; j'ai une sorte de pressentiment superstitieux que, si je me trouve une fois dans leurs griffes, il ne me sera plus possible de m'en tirer. C'est ce qui m'a engagé à recourir à vous. Au fond, tout cela est assez indifférent.

Frappée de l'air naturel qui avait accompagné ces paroles, et craignant comme lui les funestes conséquences que pouvaient avoir par la suite ses rapports avec de nouveaux usuriers, Cécilia se dit qu'il y avait peut-être de la cruauté à lui refuser ce qu'il lui demandait. Elle aurait désiré pouvoir consulter M. Monkton; mais il fallait prendre tout de suite un parti : renvoyer le juif qui allait arriver, ou se servir de son ministère.

Entraînée par son penchant naturel à faire du bien, et retenue par la crainte d'encourager le mal, elle pesait rapidement de part et d'autre les raisons de céder ou de résister : un nouveau regard, jeté sur mistress Harrel, fit pencher la balance. Elle préféra retarder ses propres affaires et venir au secours de son ancienne amie.

M. Harrel la remercia assez froidement, selon sa coutume, en recevant les deux cents livres. Il lui en fit son billet, et promit de les lui rendre au bout de huit jours.

Mistress Harrel se montra plus reconnaissante et lui témoigna par ses caresses combien elle était touchée de ce nouveau service. Cécilia, heureuse de penser qu'elle avait ranimé dans ce cœur froid quelques étincelles de sensibilité, se sentit encouragée par ce premier symptôme à remplir un devoir qui lui était fort pénible.

Dès qu'elle se trouva seule avec son amie, elle lui rappela la douce intimité dans laquelle elles avaient vécu si longtemps ensemble, ce souvenir, ajouta-t-elle, pouvant seul excuser la liberté qu'elle allait prendre. Alors, avec tout le ménagement possible, elle la conjura de ne pas tarder à diminuer sa dépense et à changer la vie dissipée qu'elle menait contre une autre plus conforme à sa situation, et qui lui laissât le temps de s'occuper davantage de l'intérieur de sa maison.

Mistress Harrel l'assura de la meilleure foi du monde qu'elle ne faisait rien de plus que ce que faisaient les autres femmes, qu'elle se mettait comme tout le monde, et qu'il lui serait impossible de se montrer autrement en public.

— Et comment vous y montrerez-vous par la suite, répliqua Cécilia, si vous continuez à dépenser au delà de vos revenus? réfléchissez qu'avec le temps vous absorberez entièrement votre fortune. — Je puis vous jurer, reprit mistress Harrel, que je n'anticipe jamais que de six mois sur mon revenu. Dès que je touche ma pension, je la donne jusqu'au dernier sou pour acquitter ce que je dois; puis je prends à crédit jusqu'à la fin du semestre, et ainsi de suite. — Voilà une méthode, répondit Cécilia, qui paraît n'avoir été inventée que pour vous tenir toujours dans la détresse. Pardonnez si je vous parle aussi librement, mais je crains que M. Harrel n'apporte à ses affaires encore moins d'exactitude et d'attention que vous; autrement il ne se trouverait pas si souvent dans l'embarras. Qu'en doit-il résulter? Je vous en supplie, ma chère Priscilla, jetez un moment les yeux sur l'avenir, et vous frémirez de la perspective qui se présentera devant vous.

Mistress Harrel parut effrayée de ces paroles, et demanda ce qu'il fallait qu'elle fît.

Cécilia alors lui traça un plan général de réforme pour la tenue de son mari; elle lui conseilla d'examiner scrupuleusement l'état de leurs affaires, de se

faire remettre les comptes de tout ce qui était d
pour les acquitter fidèlement, et d'adopter ensuite
genre de vie proportionné au revenu qui leur rest
rait quand ils auraient payé toutes leurs dettes.

— Mon Dieu! ma chère, s'écria mistress Har
d'un air surpris, M. Harrel entreprendrait aussi a
sément de voler dans les airs que de faire tout
que vous venez de dire. Si j'essayais seulement
lui en faire la proposition, il me rirait au nez. —
pourquoi? — Pourquoi? mais parce que cela para
trait si ridicule... ce sont des choses à quoi person
ne pense... je vous suis cependant très-obligée d
m'en avoir parlé... Voulez-vous venir? il me semb
que j'entends quelqu'un. — Que nous importe? r
pliqua Cécilia; réfléchissez un moment à ma propos
tion, et dans le cas où elle ne vous semblerait p
convenable, tâchez de trouver un autre expédien
— Oh! votre plan est excellent, j'en conviens, d
mistress Harrel, de ce ton qui dénote la fatigue
l'ennui; seulement, il est tout à fait impraticable. —
Par quelle raison est-il impraticable? — Mais parc
que... ma chère, je ne sais pas... ce qu'il y a de sû
c'est qu'il l'est. — Mais quelle preuve en avez-vous
qu'est-ce qui vous le persuade? — Mon Dieu! je n
saurais vous le dire. Je sais seulement qu'il l'est.
parce que j'en suis sûre.

Des raisons de cette espèce révoltaient le jugemen
de Cécilia sans pourtant refroidir son zèle. Elle in
sista donc pour décider son amie à prendre un part
qui pût satisfaire l'honneur et la raison.

— Mais quel parti? quel parti? s'écria mistres
Harrel impatientée : vous ne voudriez pas, je pense
qu'on me montrât au doigt? Il faut bien faire comm

les autres. — Ne vaudrait-il pas mieux, dit avec énergie Cécilia, vous occuper moins des autres et plus de vous-même. Les autres ne deviendront pas responsables du désordre de vos affaires, de la perte de votre fortune; c'est vous qui en souffrirez, et plaints par quelques-uns peut-être, mais blâmés généralement, vous ne serez secourus par personne. — Grand Dieu! miss Beverley, s'écria mistress Harrel épouvantée, vous parlez précisément comme si nous étions ruinés. — Je ne crois pas que vous le soyez encore, répondit Cécilia; mais je voudrais, en vous montrant le risque que vous courez, vous engager, avant qu'il soit trop tard, à prévenir cette affreuse catastrophe.

Mistress Harrel, plus offensée qu'alarmée, après avoir hésité un moment, dit avec humeur :

— J'avoue que je ne suis pas très-satisfaite que vous me disiez des choses aussi effrayantes; je ne conçois pas pourquoi un particulier dont la fortune est telle que celle de M. Harrel, vivrait autrement qu'il ne vit. Quant à contracter de temps à autre une ou deux petites dettes, cela ne vous paraît si singulier que parce que vous n'y êtes pas accoutumée. Cependant vous êtes dans l'erreur si vous supposez qu'il n'ait pas l'intention de les payer, car il me disait ce matin qu'aussitôt qu'il toucherait ses rentes, il se proposait d'acquitter exactement tout ce qu'il pouvait devoir. — Je suis enchantée de ce que vous me dites, répliqua Cécilia, et je souhaite vivement qu'il exécute sa résolution. Peut-être ai-je poussé la franchise jusqu'à l'indiscrétion; mais vous me feriez tort aussi en me croyant le cœur dur : l'amitié et l'intérêt que je prends à ce qui vous concerne ont pu seuls me porter à oser vous faire ces remontrances. Il temps d'y mettre fin. J'ajouterai seulement que vous supplie de vous rappeler quelquefois ce qui vi de se passer entre nous.

Ces mots dits, elles se séparèrent : mistress Har assez fâchée de ses leçons qu'elle trouvait trop sév res, et Cécilia aussi rebutée de la manière dont ell avaient été reçues qu'affligée de l'aveuglement de s amie.

Elle fut dédommagée de ce pénible entretien p l'arrivée de mistress Delvile, dont la conversati vive, spirituelle et amicale, dissipa bientôt son ch grin.

Elle eut encore un nouveau plaisir en apprena par M. Arnott que M. Belfield était à peu près rétab et qu'il venait de partir pour la campagne. La pre mière pensée de Cécilia, à cette nouvelle, fut que l jeune Delvile, en lui parlant de la situation de c jeune homme, n'avait peut-être voulu que l'éprouve et savoir jusqu'à quel point elle s'y intéressait; mais réfléchissant combien tout ce qui avait la moindr apparence de ruse ou d'artifice était éloigné du ca- ractère de Mortimer, elle se reprocha ce soupçon, e conclut que Belfield, impatient de quitter Londres, avait pu partir sans être encore en état de voyager; ce qui lui fit désirer beaucoup qu'on entendît parler de lui avant peu.

Elle reçut le soir même la visite de M. Monkton. Celui-ci, quoiqu'il sût fort bien qu'elle passait une grande partie de ses soirées dans son appartement, avait trop de prudence pour user fréquemment de la permission qu'elle lui avait donnée de la voir chez elle, et sa venue était toujours une joie pour Cécilia.

Elle l'entretint de toutes ses affaires avec sa con-ance habituelle. L'esprit tout occupé de ses craintes sativement à M. et mistress Harrel, elle lui parla l leurs extravagances, de leurs prodigalités, et des ibarras qui en résultaient pour eux de temps à ître, sans pourtant que sa délicatesse lui permît de rler de ce qu'elle venait de faire en leur faveur. M. Monkton, d'après ce qu'elle lui disait, n'hésita as à décider que M. Harrel était un homme ruiné; il exhorta très-sérieusement à ne point se laisser ga-ner par les sollicitations qu'il pourrait lui faire n jour, et à se garder de lui prêter de l'argent, qu'il e serait jamais en état de lui rendre.

Cécilia, fort alarmée d'un pareil avertissement, lui romit la plus grande circonspection pour l'avenir. lle lui rendit compte de sa conversation du matin vec mistress Harrel; puis elle ajouta :

— Je vous avouerai que depuis mon séjour ici, estime que j'avais pour elle a beaucoup diminué; lle est encore moindre que mon amitié. Son goût our le luxe et les futilités est porté si loin, elle a i peu de raison, que je ne puis m'empêcher de rou-ir du peu de discernement dont j'ai fait preuve en a choisissant pour amie. — Lorsque vous lui avez onné ce titre, répondit M. Monkton, vous n'aviez as beaucoup le choix; elle était vive et officieuse, ous étiez généreuse et aimante, et vos liaisons se ont formées à un âge où la fréquentation produit 'amitié. Avant que l'infériorité de son intelligence ût affaibli votre estime, son mariage vous sépara out à fait. Aujourd'hui que vous vous retrouvez, on eut dire que vous n'êtes plus les mêmes : trois années entièrement occupées à cultiver un esprit supérieur, en augmentant vos lumières, vous o rendue moins indulgente; tandis que le même espa de temps, passé pour elle dans l'oisiveté et la diss pation, lui a fait perdre quelques agréments nature sans développer son entendement. Ce défaut de sen que la retraite et votre inexpérience vous avaie voilé, sa manière de vivre, son goût pour le mond sa vanité, tout a concouru à le rendre plus frappan et la sottise affaiblit l'affection. Ainsi vous deve vous souvenir, lorsque vous désirez former un amitié solide et durable, que ce n'est pas assez d consulter le cœur, qu'il faut encore éprouver le ju gement, et qu'il est souvent plus essentiel de con naître l'esprit que le caractère. — Il faut pourtan convenir, dit Cécilia avec un sourire enchanteur que je me suis montrée plus habile en vous choisis- sant pour mon conseil. — Il est certain, du moins répondit M. Monkton, que vous m'avez fait beaucou d'honneur.

Ils parlèrent ensuite de M. Belfield, que M. Monk- ton lui dit avoir quitté Londres en très-bonne santé, et l'heure les obligeant à se séparer, M. Monkton partit, ravi d'avoir conservé toute la confiance de la belle héritière, et laissant Cécilia heureuse de pos- séder un ami aussi spirituel et surtout aussi estimable.

Une aventure.

Pendant les quinze jours qui suivirent, la famille Harrel continua de mener son genre de vie habituel;

l Robert, sans chercher à se procurer un entretien lrticulier, persista dans son rôle de prétendant, et Arnott, toujours modeste et silencieux, semblait oir réduit son existence au plaisir de la contemplan.

De son côté, Cécilia passa deux journées entières ez mistress Delvile, ce qui affermit encore son esme et son inclination pour la mère et le fils. Elle compagnait mistress Harrel aux assemblées, ou stait paisiblement chez elle, selon que son penchant portait. M. Monkton, pendant ce temps, la visitait ssi souvent qu'il le fallait pour s'instruire de ses marches, et pas assez pour qu'elle-même ou le puic pût soupçonner qu'il eût quelques desseins.

La famille faisait alors ses préparatifs pour aller sser les fêtes de Pâques à Violet-Bank; néanmoins .. Harrel ne faisait aucune mention des deux cents wres, qu'il avait promis de rendre au bout de huit urs, bien qu'il y en eût quinze d'écoulés. Cécilia, e sachant comment s'y prendre pour lui rappeler sa arole, attendait qu'il s'en souvînt, mais avec d'auant plus d'impatience que cet argent alors lui devenait absolument nécessaire.

Le pauvre charpentier dont elle avait pris la famille sous sa protection, venait de mourir. Dès qu'on lui eut rendu les derniers devoirs, elle envoya chercher sa veuve, et, après s'être efforcée de la consoler, elle lui dit qu'elle était prête à remplir l'engagement qu'elle avait contracté, de l'aider à trouver une occupation moins pénible et qui contribuât à la faire vivre à l'aise. En conséquence, elle lui demanda ce qu'elle se sentait capable de faire.

La pauvre femme, non sans lui avoir prodigué ses

remercîments, lui répondit qu'elle avait une cousi qui lui avait offert, moyennant une certaine somn de la prendre pour associée dans un petit commer de mercerie. Mais, hélas! continua-t-elle, il est a solument impossible que je puisse me procurer c argent, et pourtant il est sûr qu'une boutique, à pi sent que je suis devenue si faible, serait pour moi paradis terrestre, car je n'ai plus de force du tout.

— Certainement vous êtes excédée de travail, l dit Cécilia, et il est temps que vous preniez un pe de repos. Quelle est la somme que votre cousine de mande? — Oh! madame, beaucoup plus que je n saurais amasser tout le reste de ma vie. — Mais dites moi quelle est cette somme? — Soixante livres, ma dame. — Vous les aurez, s'écria Cécilia. Si cette si tuation peut vous rendre heureuse, je vous le donnerai de bon cœur.

La pauvre femme témoigna sa reconnaissance pa ses larmes, et fut longtemps sans se remettre asse pour répondre aux questions de Cécilia qui lui de manda ensuite ce qu'on ferait des enfants. La veuve Hill, qui jusqu'à ce moment n'avait osé se flatter d'un pareil bonheur, n'avait aucun plan fixe pour eux. Cécilia lui enjoignit donc d'aller trouver sa cousine, de la consulter à ce sujet et de préparer tout pour son déménagement.

Cette affaire devint alors son occupation favorite. Elle alla elle-même visiter cette boutique, qui était très-petite, et située dans Fetter-Lane. Elle parla à la cousine, mistress Robert, qui consentait seulement à prendre chez elle l'aînée des filles, âgée de quinze ans, parce qu'elle pourrait servir d'aide; mais Cécilia ayant offert d'augmenter la somme convenue, elle voulut bien encore que les deux plus petites restassent dans la maison, afin que leur mère et leur sœur pussent en prendre soin.

Il en restait deux, que Cécilia promit de placer dans une école où elles apprendraient à travailler.

Elle destina cent guinées pour le premier établissement de mistress Hill et de ses filles, se promettant d'y joindre quelques petites sommes de temps à autre, selon que l'exigeraient leurs besoins ou leur changement de position.

Pour cet effet, il était absolument nécessaire que M. Harrel lui rendît l'argent qu'elle lui avait prêté; car elle n'avait plus que cinquante livres, des six cents qu'elle avait empruntées au juif, et il ne lui restait de sa pension que ce dont elle ne pouvait se passer.

La vue de l'indigence laborieuse a quelque chose en soi de si intéressant et de si respectable, qu'elle fait détester la prodigalité. Chaque fois que la bienfaisante Cécilia visitait la pauvre famille Hill, elle sentait augmenter son aversion pour la conduite de M. Harrel, et diminuer la crainte de le faire rougir, en sorte qu'elle se résolut à lui demander l'argent qu'il lui devait.

Un matin donc, comme il sortait après le déjeuner, elle se leva tout à coup, et, le suivant, elle lui demanda un moment d'audience. Ils passèrent ensemble dans la bibliothèque, et là, après quelques excuses et beaucoup d'hésitation, elle lui dit qu'elle imaginait qu'il avait oublié les deux cents livres qu'elle lui avait prêtées.

— Les deux cents livres! s'écria-t-il; oh! oui, cela est vrai... Je vous jure qu'elles s'étaient échappées de ma mémoire. Eh bien ! vous n'en avez pas besoin tout de suite ? — Pardonnez-moi, répondit Cécilia ; si vous pouvez me les donner sans vous gêner. — Oh ! oui, certainement... sans aucun doute... mais à présent que j'y pense... il est réellement malheureux que, justement aujourd'hui... Pourquoi ne me les avoir pas rappelées plus tôt ? — Je me flattais que vous vous en seriez souvenu vous-même. — Il y a deux jours qu'il m'aurait été extrêmement facile de vous les rendre. Cependant vous les aurez certainement bientôt. Un ou deux jours ne font rien à la chose, je pense.

Il s'en alla, après lui avoir souhaité le bonjour.

Cécilia, très-piquée, se reprocha la faiblesse qu'elle avait eue de les lui donner, et fit vœu de suivre exactement par la suite le conseil de M. Monkton.

Trois jours se passèrent encore sans qu'elle entendît parler de dette, ni de payement. Elle voulut renouveler ses sollicitations, mais elle s'aperçut bientôt de l'impossibilité d'y parvenir. M. Harrel, toutes les fois qu'elle demandait audience, se disait si fort pressé qu'il ne pouvait disposer d'un moment, et lorsqu'elle se hasardait à le suivre hors de l'appartement, il doublait le pas en lui criant :

— Je suis au désespoir, mais il est si tard que je ne saurais m'arrêter une minute ; à mon retour, je serai tout entier à vos ordres.

Chaque fois qu'il rentrait, il avait toujours soin de se faire accompagner par sir Robert ou quelque autre personne de sa connaissance. Grâce à cette méthode, dont il ne se départit point, Cécilia fut obligée de renoncer à toute explication ; car, si vif qu'était son ressentiment, il ne pouvait surmonter sa délicatesse au point qu'elle voulût lui parler devant un tiers.

Cécilia se trouvait donc fort embarrassée pour l'exécution de son plan en faveur de la famille Hill. Cependant elle avait donné sa parole, et tout devait céder à cette considération. Elle se décida à leur remettre les cinquante livres qui lui restaient, et s'il lui fallait payer le surplus avant sa majorité, à l'économiser sur sa pension, que le testament de son oncle avait fixée à cinq cents livres.

Ce parti pris, elle se rendit chez mistress Hill, qui se chargea de faire consentir sa cousine à se contenter pour le présent de la moitié de la somme convenue, qui servirait à la faire entrer dans la boutique avec trois de ses enfants. Cécilia s'en fut ensuite avec elle dans Fetter-Lane ; et là, ayant rédigé elle-même les conventions de la société des deux cousines, elle les leur fit signer, leur en remit à chacune une copie et garda l'original : après quoi elle donna à mistress Robert son billet pour la partie de la somme qui était encore due.

Elle remit, de plus, dix guinées à mistress Hill pour qu'elle pût s'habiller, elle et ses enfants, convenablement, et en placer deux à l'école, promettant de payer ce qu'il en coûterait pour leur nourriture et leur instruction, jusqu'au jour où la mère, bien établie dans son commerce, serait en état d'y pourvoir elle-même.

Comblée des remercîments et des bénédictions de cette pauvre famille, la généreuse héritière monta dans une chaise à porteur pour retourner chez elle.

Jamais Cécilia ne s'était sentie aussi heureuse, jamais sa vie ne lui avait paru si utile et son opulence d'un si grand prix. Elle venait d'arracher cinq petits enfants aux horreurs de la misère, de délivrer une mère faible et infirme d'un travail fort au-dessus de ses forces, pour la placer dans une position où elle allait gagner honnêtement sa vie et passer doucement le reste de ses jours. Elle pouvait se dire : « Ses œuvres sont mes œuvres. » Cette pensée, pour un cœur comme le sien, était une source intarissable de contentement.

Elle venait de quitter sa chaise pour traverser à pied la partie haute d'Oxford-Street, lorsqu'elle rencontra le vieillard, dont les discours et les conseils avaient plus d'une fois déjà causé sa surprise.

Il paraissait très-pressé. Mais dès qu'il l'aperçut, il s'arrêta, et lui dit d'un ton sévère :

— Êtes-vous devenue, en si peu de temps, fière et impitoyable? Votre cœur s'est-il endurci? — Il dépend de vous d'en faire l'épreuve, répondit Cécilia avec le courage qu'inspire une conscience qui n'a rien à se reprocher. — Je l'ai déjà faite et je vous ai trouvée coupable. — Ce que vous me dites me chagrine, répliqua-t-elle; j'espère du moins que vous ne refuserez pas de m'apprendre quels sont mes torts. — Vous avez refusé de me voir, reprit le vieillard, et pourtant j'étais votre ami; je cherchais à prolonger le temps de votre innocence; je vous avais indiqué la route que vous deviez suivre pour être toujours en paix avec vous-même. Vous m'aviez écouté, vous m'aviez paru sensible aux souffrances des malheureux. J'espérais tourner toutes vos vues du côté de la charité, et ce motif seul m'avait fait retourner chez vous, mais on ne m'a pas laissé entrer. —Mon Dieu ! que vous m'étonnez, monsieur, dit Cécilia; quand êtes-vous venu chez moi? On ne me l'a pas dit ; bien loin d'avoir refusé de vous recevoir, je désirerais ardemment vous voir encore. — Parlez-vous sincèrement? reprit-il d'un ton radouci, quoi! vous ne seriez point fière? Vous n'auriez point le cœur dur? En ce cas, venez avec moi, venez visiter le pauvre et consoler l'affligé.

Quel que fut le désir qu'avait Cécilia de faire du bien, cette proposition lui causa une sorte d'effroi ; la singularité du personnage, son enthousiasme, son ton d'autorité, l'ignorance du lieu où il voulait la conduire lui firent craindre d'aller plus loin. Cependant, une curiosité généreuse de voir des malheureux qu'elle pourrait secourir, jointe à l'empressement de se justifier de cette dureté de cœur qu'on venait de lui reprocher, triomphèrent de sa répugnance, et, faisant signe à son laquais de la suivre d'aussi près que possible, elle s'abandonna à la conduite de son mentor.

Il marcha gravement et en silence jusqu'à Swallow-Street, et s'arrêta devant une petite maison basse et de peu d'apparence. Il frappa à la porte, et sans faire aucune question à l'homme qui l'ouvrit, il fit signe à Cécilia de l'imiter, et il gagna promptement un petit escalier tournant et étroit.

Cécilia hésita de nouveau ; mais réfléchissant que ce vieillard, quoiqu'il n'eût de liaisons avec personne, était connu de beaucoup de gens, et se montrait dans tous les lieux publics, elle fut persuadée qu'il ne pouvait avoir de mauvais desseins. Elle ordonna toutefois à son laquais de monter avec elle et de l'attendre au haut de l'escalier, jusqu'à ce qu'elle revînt le joindre, après quoi elle suivit son guide, qui arriva au second étage, où, lui faisant encore signe de le suivre, il ouvrit une porte, et entra dans un petit appartement assez mal en ordre.

Ici, à son grand étonnement, Cécilia aperçut une jeune personne charmante, assez bien mise, et qui paraissait avoir au plus dix-sept ans, occupée à laver des tasses. A l'instant où ils entrèrent, elle quitta cet ouvrage d'un air confus, et cacha promptement derrière sa chaise la serviette avec laquelle elle les essuyait.

Le vieillard, s'avançant vers elle avec empressement, lui dit :

— Comment se trouve-t-il aujourd'hui? Est-il mieux? Se rétablira-t-il? — Dieu le veuille! répondit la jeune personne très-émue; mais il n'est réellement pas mieux. — Voyez, reprit-il en lui montrant Cécilia, la personne que je vous amène; elle est en état de vous rendre service et de vous tirer de votre détresse : elle vit dans l'opulence, ne connaît pas encore le malheur et elle entre à peine dans le monde. Recevez ses bienfaits pendant que ses mains sont encore pures; et croyez qu'en vous faisant du bien, elle s'en fera à elle même. — Vous êtes en vérité trop bon, monsieur, répondit la jeune personne toute honteuse et en rougissant; mais cela est inutile... Il n'est pas nécessaire... Il s'en manque de beaucoup que je sois réduite à cette extrémité. — Pauvre et chère enfant! dit le vieillard, as-tu honte de la pauvreté? Garde-toi de toute autre honte, et les gens les plus opulents t'envieront. Venez donc, et que je vous présente l'une à l'autre. Jeune comme vous l'êtes toutes deux, ayant encore bien des années à vivre et bien des traverses à essuyer, soulagez-vous mutuellement du fardeau qui vous est destiné, en faisant entre vous un échange de bienfaisance et de gratitude.

Il prit alors une main à chacune d'elles, et les joignant dans la sienne :

— Vous, continua-t-il, qui, quoique riche, avez de l'âme, et vous qui, quoique pauvre, n'êtes point avilie, pourquoi ne vous aimeriez-vous pas? Les afflictions de la vie sont longues et permanentes, ses joies sont passagères et de courte durée : vous ne sauriez vous promettre beaucoup de plaisir, et vous devez vous attendre à bien des souffrances.. Par pitié pour les maux dont vous êtes menacées, soyez-vous secourables l'une à l'autre. Je vous laisse ensemble, et je vous recommande à votre bon cœur et à votre sensibilité.

Puis s'adressant particulièrement à Cécilia :

— Comme vous, lui dit-il, elle est restée sans père; mais vous avez des amis et elle n'en a point. Si elle est en butte aux tentations de l'adversité, vous êtes environnée des dangers qui suivent la prospérité et la conduisent à la corruption. Votre chute est moins douteuse, la sienne plus excusable : ayez donc à présent pitié d'elle; peut-être avant peu sera-t-elle dans le cas d'avoir pitié de vous à son tour.

En prononçant ces derniers mots il disparut.

Son départ fut suivi pendant quelques minutes du silence le plus profond. Cécilia, en suivant son très-singulier conducteur, croyait trouver une famille dans le besoin, quelque malheureux malade et sans secours, ou un enfant abandonné; mais ne voyant qu'une jeune et belle personne, qui lui était présentée d'une manière si étrange, sa surprise lui ôtait dans ce moment la faculté de parler.

La jeune personne de son côté ne paraissait guère moins embarrassée. Elle jetait les yeux avec peine sur sa chambre dénuée de meubles, et regardait Cécilia d'un air confus.

Cécilia, remarquant son trouble, sentit croître sa curiosité et sa compassion, et lui serrant affectueusement la main, lui dit :

— La manière dont j'ai été introduite chez vous, madame, doit vous paraître bien singulière. Peut-être connaissez-vous assez celui qui m'y a conduite pour que ses procédés extraordinaires me servent d'excuses. — Non, en vérité, madame, répondit l'inconnue toute honteuse, je le connais fort peu; mais il est bon, et je lui crois le plus grand désir de me rendre service... Il s'imagine que je me trouve plus mal à mon aise que je ne le suis réellement; car je vous assure, madame, que malgré tout ce qu'il a pu vous dire, je ne suis pas dans le besoin.

Les différents soupçons qu'avait pu concevoir Cécilia furent totalement dissipés par le soin que prenait cette jeune fille de déguiser sa pauvreté. Convaincue que l'on n'avait aucune intention de lui en imposer, pas même d'émouvoir sa pitié, elle répondit avec ce ton fait pour inspirer la confiance :

— Si j'avais pu imaginer que mon conducteur fût aussi peu autorisé à m'amener chez vous, je me serais bien gardée de m'y présenter aussi hardiment; cependant, puisque nous voici réunies, rappelons-nous ses exhortations, et faisons en sorte de ne pas nous séparer sans avoir acquis l'une et l'autre une amie. — Vous êtes réellement trop polie, madame, de parler d'amitié en voyant un appartement comme celui-ci, sans meubles, tout dans un si grand désordre... Je ne conçois pas M. Albany... mais il pense que l'on peut sans scrupule rendre publiques les affaires de tout le monde, sans s'embarrasser ni de ce qu'il dit, ni de ceux qui l'entendent... Il ne sait pas le chagrin qu'il cause et le mal qu'il peut faire. — Je suis moi-même désolée, répondit Cécilia, de voir que ma visite vous fasse de la peine. J'ignorais absolument où j'allais. Je l'ai suivi, parce que je ne savais comment me refuser à ses sollicitations. Le voilà parti, et pour ne pas vous faire souffrir plus longtemps, je vais suivre son exemple. Permettez seulement que je vous laisse une faible preuve qu'en venant chez vous, mon intention n'était pas de vous offenser.

En parlant ainsi, elle sortait sa bourse; mais la jeune personne, faisant un pas en arrière d'un air humilié, s'écria :

— Non, madame, vous vous trompez! Serrez, je vous prie, votre bourse; je ne suis pas une mendiante. M. Albany m'a fait tort, s'il vous a dit que je l'étais.

Cécilia, mortifiée à son tour par ce refus inattendu d'une offre qu'on l'avait engagée à faire, garda quelques moments le silence.

— Je suis bien éloignée de vouloir vous causer la moindre peine, dit-elle enfin, et je vous prie sincèrement de m'excuser si j'ai mal compris les instructions qu'on vient de me donner en votre présence. — Vous ne me devez pas d'excuses, madame, M. Albany est le seul dont j'aie sujet de me plaindre, et il est inutile de se fâcher contre lui, car il ne fait nulle attention à ce que je dis. C'est un excellent homme, mais très-singulier; il prétend que tous ceux qui sont riches doivent donner et tous ceux qui sont pauvres leur demander : il ne sait pas qu'il y en a plusieurs qui aimeraient mieux mourir de faim. — Et peut-être seriez-vous de ce nombre, dit Cécilia en souriant à demi. — Non, madame, je n'ai pas l'âme assez élevée pour cela; mais ceux à qui j'appartiens ont plus de courage et plus de fermeté; je souhaiterais pouvoir les imiter.

Frappée de la bonne foi et de la simplicité de cette réponse, Cécilia éprouva un désir ardent d'être utile à la douce créature, et lui prenant la main de nouveau, elle lui dit d'un ton affectueux :

— Pardonnez-moi, ma chère enfant, quoique je voie que vous désirez mon départ, j'ai toutes les peines du monde à vous quitter. Rappelez-vous les conseils qu'on vient de nous donner, et si vous refusez mes secours, présentés de cette manière, indiquez-m'en une autre qui me permette de vous servir sans vous offenser.—Vous êtes bien bonne, madame, du moins vous paraissez telle; mais je n'ai besoin de rien; je me trouve passablement bien, et j'espère encore être mieux par la suite. M. Albany est trop impatient, il sait, je l'avoue, que je ne suis pas bien riche, il a tort pourtant de supposer que je sois dans le cas d'avoir recours à la charité, et que j'aie l'âme assez basse pour recevoir de l'argent d'une étrangère. — J'ai véritablement regret, dit Cécilia, de la faute que j'ai commise. Cependant, consentez à ce que nous fassions la paix avant de nous séparer. Peut-être me permettrez-vous de vous laisser mon adresse, et me ferez-vous l'honneur de venir me voir. — Oh ! non, madame, j'ai un parent malade que je ne saurais abandonner; et je vous assure que s'il se portait bien, il ne trouverait pas bon que je fisse des connaissances tant que nous habiterons un appartement comme celui-ci. — Je me flatte que vous n'êtes pas seule à le soigner; vous ne me paraissez pas assez robuste pour soutenir une pareille fatigue.

a-t-il un médecin? a-t-il les gens nécessaires? — Hélas! non, madame, il n'a point de médecin et pas de domestique. — Est-il possible que, vous trouvant dans une telle situation, vous puissiez refuser des secours? Acceptez-les pour lui, même en vous obstinant à les rejeter pour vous. — A quoi serviraient-ils, puisqu'il n'en ferait aucun usage, et qu'il aimerait mieux mourir que de faire connaître ses besoins. — Recevez-les donc sans qu'il le sache; servez-le sans le lui dire : vous ne voudriez certainement pas qu'il périt faute de secours? — Le ciel m'en préserve! mais que faire? Je dépends de lui, madame, et il ne dépend pas de moi. — Est-ce votre père? — Non, madame, je n'ai plus de père. J'étais bien plus heureuse quand j'en avais un! C'est mon frère. — Et quelle est sa maladie? — La fièvre. — La fièvre, et sans médecin! Êtes-vous sûre que ce ne soit pas une fièvre maligne?—Oh! oui, je n'en suis que trop sûre. — Trop sûre! comment cela? — Parce que je n'en connais que trop bien la cause. — Et quelle est cette cause? dit Cécilia en serrant la main de la jeune fille avec tendresse; ayez confiance en moi, je vous prie, soyez sûre que vous n'aurez pas à vous en repentir. Votre discrétion jusqu'à présent n'a fait qu'augmenter mon estime; mais ne la poussez pas au point de me mortifier en continuant à repousser mes services. — Ah! madame, répondit la jeune personne en soupirant, vous devez être réellement bonne; il est impossible de vous résister; vos manières douces et affables ne me permettent pas de me taire avec vous. La cause de sa fièvre est une blessure qui n'a jamais été parfaitement guérie. — Est-il donc militaire? — Non; il s'est battu en duel, et il a été atteint d'une balle au côté. — En duel! s'écria Cécilia; comment se nomme-t-il, je vous prie? — Oh! c'est ce que je ne dois pas dire. — Certainement, reprit Cécilia fort émue, ce n'est pas... j'espère que ce n'est pas M. Belfield? — O ciel! dit la jeune personne, poussant un cri, est-ce que vous le connaissez?

Toutes deux se regardèrent avec une égale surprise.

— Vous êtes donc, dit Cécilia, la sœur de M. Belfield? Sa blessure n'est pas encore guérie et il manque de secours? — Et vous, madame, s'écria la jeune personne, qui êtes-vous, et comment se fait-il que vous le connaissiez? — Mon nom est miss Beverley. — Ah! que je crains de m'être rendue coupable! Je sais parfaitement qui vous êtes, madame; mais si mon frère savait que je l'ai trahi, il en serait très-irrité et ne me pardonnerait peut-être jamais. — Il ne le saura pas, répondit Cécilia, soyez sans inquiétude; mais il n'est donc pas à la campagne? — Non, madame; il habite la chambre contiguë à celle-ci. — Mais qu'est devenu le chirurgien qui a d'abord pris soin de lui, et pourquoi ne continue-t-il pas à le panser? — Il est inutile, madame, de vouloir rien vous cacher. Mon frère l'a trompé, et lui a dit pour s'en débarrasser qu'il allait à la campagne. — Quelle raison a-t-il pour agir d'une manière aussi extraordinaire? — Une raison, madame, que vous n'aurez, j'espère, jamais: la pauvreté! il n'a pas voulu contracter une dette qu'il était hors d'état d'acquitter. — Juste ciel! mais que peut-on faire pour lui? Il ne faut pas le laisser plus longtemps dans cette situation; il faut que nous trouvions quelque moyen de l'assister, qu'il y consente ou non. — Je crains que cela ne soit impossible. Un de ses amis a déjà découvert son logement et lui a écrit la lettre la plus aimable. Il n'a pas voulu y répondre. Il a refusé de le voir, et cette attention n'a fait que le chagriner et lui donner de l'humeur.—Eh bien! dit Cécilia, je ne veux pas vous retenir plus longtemps, je craindrais que votre absence ne l'inquiétât. Demain matin, si vous le permettez, je reviendrai ici, et alors j'espère que vous voudrez bien accepter les services d'une amie. — Si cela ne dépendait que de moi, madame, à présent que j'ai l'honneur de savoir qui vous êtes, je pense que je ne m'en ferais pas beaucoup de scrupule; car je n'ai pas été élevée comme mon frère : les sentiments qu'on m'a inspirés sont bien plus modestes. Ah! qu'il eût été heureux pour lui, pour moi, pour toute la famille, qu'il n'en eût pas d'autres!

Cécilia lui réitéra alors ses témoignages d'affection, l'exhorta à prendre courage et partit.

Cette aventure renouvela toute l'angoisse qu'elle avait ressentie à l'époque du fatal duel. Elle se reprocha beaucoup plus amèrement d'en avoir été la cause, et se regarda comme obligée de venir au secours de M. Belfield par tous les moyens possibles.

La jeune personne aussi l'intéressait extrêmement; sa beauté, sa candeur, la rendaient séduisante au point que Cécilia formait le projet, non-seulement de l'obliger dans ces tristes conjonctures, mais, si les apparences n'étaient point trompeuses, de la prendre chez elle et d'assurer son sort.

Elle sentit, plus qu'elle ne l'avait fait jusqu'alors, combien les deux cents livres que lui retenait M. Harrel lui auraient été nécessaires, car ce qu'elle se proposait de donner surpassait de beaucoup la somme qu'il lui était possible d'économiser sur sa pension et jamais elle n'avait désiré aussi vivement voir arriver l'époque de sa majorité.

Un Homme d'esprit.

Le lendemain matin, Cécilia n'eut pas plutôt déjeuné, qu'elle envoya chercher une chaise et se fit porter à Swallow-Street. Elle demanda M. Belfield, et on lui dit de monter au second; mais quel ne fut pas son étonnement, au moment où elle entrait dans la chambre, d'en voir sortir le jeune Delvile.

Ils restèrent tous deux confondus, et Cécilia, songeant à la singulière apparence de sa position, fut saisie d'une confusion qu'elle n'aurait jamais cru pouvoir éprouver. Mortimer, s'étant bientôt remis de sa surprise, lui dit avec un sourire très-expressif :

— Que miss Beverley est bonne de venir ainsi visiter les malades! j'aurais trouvé M. Belfield bien mieux portant, si j'étais venu plus tard, car sa vue doit donner une nouvelle existence

Après quoi, la saluant profondément, il disparut.

Malgré la droiture et la pureté de ses intentions, Cécilia fut si fort déconcertée par cette rencontre imprévue et par ce sarcasme, qu'elle n'eut pas assez de présence d'esprit pour le rappeler et s'expliquer avec lui. D'ailleurs, pensant bien, d'après les plaisanteries qu'il lui avait déjà faites au sujet de M. Belfield, qu'il regardait maintenant ses soupçons comme entièrement confirmés, ne devait-elle pas craindre qu'il s'attribuât à la dissimulation dont il l'avait ouvertement accusée tout ce qu'elle pourrait lui dire?

Un trouble pénible empêcha pendant quelque temps Cécilia de penser au sujet de sa visite et d'y prendre le moindre intérêt; mais la bonté de son cœur la tira bientôt de cette situation, surtout lorsqu'en entrant dans la chambre elle aperçut sa nouvelle amie en pleurs.

— De quoi s'agit-il? s'écria-t-elle, votre frère est-il plus malade? — Non, madame, il est à peu près de même. Ce n'est pas lui qui fait couler mes larmes.— Qui peut donc les causer? dites-le-moi. Confiez-moi vos chagrins, et soyez sûre que vous parlez à une amie. — Je pleurais, madame, de trouver tant de bonté dans le monde, de voir qu'il me reste encore quelque espoir d'être heureuse. J'ai passé deux années entières dans l'affliction, j'imaginais ne plus connaître d'autre sort. Hier, madame, j'ai eu l'honneur de vous voir, et vous avez daigné me promettre vos bontés et votre protection. Aujourd'hui, un ami de mon frère vient d'agir avec tant de noblesse et de générosité, qu'il l'a presque fait consentir à ne plus repousser ses secours. — Avez-vous donc déjà assez souffert, dit Cécilia, pour que cette faible lueur de prospérité vous cause autant de joie? Aimable et charmante fille, continua-t-elle en l'embrassant, puisse l'avenir vous faire oublier le passé, et puissent les vœux de M. Albany s'accomplir par l'amitié mutuelle que nous allons contracter, et par les consolations que nous nous donnerons l'une à l'autre.

Il s'établit entre elles alors un entretien dans lequel miss Belfield, entraînée par l'affection et par la reconnaissance, ne voulut plus rien cacher à celle qui lui témoignait un intérêt tendre, et, après l'avoir priée instamment d'éviter que son frère sût jamais ce qu'elle allait lui dire, elle l'instruisit entièrement des particularités de sa situation.

Elle lui apprit que son père, qu'elle avait perdu depuis deux ans, était un marchand de toile de la Cité. Il avait eu six filles de son mariage, dont elle était la plus jeune, et un fils, M. Belfield, qui avait été l'enfant gâté du père, de la mère et des sœurs. On l'avait fait élever au collége d'Ecton, sans rien épargner pour son éducation : à beaucoup d'esprit il joignait la plus grande facilité pour apprendre tout ce qu'on lui enseignait, et ses progrès furent rapides. Destiné à suivre le commerce de son père, celui-ci s'écriait souvent : « Mon fils deviendra l'ornement de la Cité; ce sera le marchand le plus savant qu'il y ait à Londres. »

Cette attente ne fut pas remplie, le jeune Belfield, sorti du collége à seize ans et placé dans la boutique, montra la plus grande aversion pour le commerce. Il obtint par l'intercession de sa mère la permission d'aller finir ses études dans une université. Son père consentit, afin, disait-il, que la science rendît son fils plus savant. Le fils revint, ainsi que le père l'avait prévu, *tout à fait savant;* mais bien loin d'être devenu plus traitable au sujet de la boutique, il déclara avec fermeté qu'il ne serait jamais marchand. Les jeunes gens de famille avec lesquels il avait formé des liaisons au collége et à l'université, recherchèrent sa société, mais une fausse honte le dominait au point que, pour éviter qu'ils ne découvrissent son état et sa demeure, il prit un appartement à l'autre extrémité de la ville où, sous différents prétextes, il passait sait une grande partie de son temps.

Sa mère le favorisait et lui fournissait les moyens de continuer cette vie dissipée et dispendieuse. Dès qu'elle sut que les amis de son fils étaient des gens de distinction, les uns titrés, les autres destinés aux premières places, elle en conclut qu'il se trouvait dans la route qui conduit à la fortune et aux honneurs, et elle s'imposa sans regret toutes les privations pour le mettre en état de vivre avec ceux qui devaient servir à son avancement.

Après avoir passé quelque temps d'une manière aussi précaire et aussi extravagante, il se lassa de cette existence inutile et vagabonde, ce qui lui fit prendre le parti d'entrer au service comme volontaire; mais n'ayant point tardé à s'ennuyer de cette profession, il se réconcilia avec son père et suivit le barreau.

Alors seulement Belfield passa deux ou trois années heureux et tranquille. Son esprit et ses talents le faisaient rechercher de tout le monde, et il étendit de beaucoup ses relations dans la haute société. Bien qu'il rougît d'avouer sa famille publiquement, elle lui était chère; il la visitait souvent à la dérobée, et peut-être eût-il pu jouir ainsi d'un bonheur durable s'il se fût occupé davantage du soin de sa fortune; mais livré à une dissipation continuelle, il abandonna complétement les affaires pour donner à la poésie le peu de temps que lui laissaient les plaisirs du monde.

Telle était sa position lorsqu'il perdit son père. Celui-ci laissa peu de fortune, quand ses filles eurent chacune touché leur part, qui ne monta qu'à deux mille livres. Il avait à la vérité dans son commerce des sommes assez considérables, mais son fils n'ayant ni le goût, ni l'habileté nécessaire pour le remplacer se décida à ne point quitter le barreau et fit tenir la boutique par un commis. Belfield espérait de cette façon pouvoir jouir des profits sans sacrifier sa vanité; mais cette boutique, qui jusqu'alors avait été lucrative au point d'enrichir toute une famille, privée de son chef, tomba bientôt en décadence, perdit tous ses chalands, et deux jours après celui où Cécilia rencontra M. Belfield chez M. Monkton, le commis qui seul avait fait ses affaires, s'évada tout à coup et passa la mer.

Heureusement les marchandises suffirent pour satisfaire les créanciers, le nom du véritable propriétaire ne parut point dans les papiers publics, mais Belfield resta complétement ruiné.

Privé ainsi par son imprudence du fruit des longs travaux de son père, il se vit donc forcé de penser sérieusement à un état qui pût lui procurer de quoi vivre; car le barreau, peu lucratif pour les gens les plus laborieux, quand ils ne se sont pas fait un nom, était bien loin de lui faire gagner l'argent nécessaire à sa dépense. Il lui restait donc à essayer de l'appui que lui promettaient ses liaisons avec les grands seigneurs et les gens en place.

D'abord il eut sujet de s'applaudir de cette tentative : tous le reçurent à merveille et lui promirent de s'employer en sa faveur; il se félicitait de trouver les hommes meilleurs qu'on ne se les représente communément, lorsqu'il remarqua que les visites et les invitations auxquelles on l'avait accoutumé devenaient beaucoup plus rares, et qu'enfin il se trouva entièrement libre de disposer de son temps.

Toutes ses espérances furent alors concentrées sur un seul ami, M. Floyer, oncle de sir Robert, avec lequel il vivait encore dans la plus grande intimité, et qui jouissait d'un grand crédit à la cour.

Par un heureux hasard, M. Floyer se trouvait en position de disposer d'une place que Belfield sollicitait, et bien que sir Robert la lui demandât avec instance pour une autre personne, il lui promit de le préférer, le priant seulement de patienter jusqu'à ce qu'il eût pu faire entendre raison à son neveu.

Les choses en étaient là quand la scène de l'opéra eut lieu, et le lendemain du duel, M. Floyer écrivit à Belfield que la décence ne lui permettant pas de prendre d'autre parti que celui de son neveu, il venait de faire nommer à la place vacante le protégé de sir Robert.

Ce dernier coup lui fit envisager sa ruine comme irréparable, et le chagrin qu'il en conçut le rendit insensible aux douleurs que lui causait sa blessure; mais soutenu par sa fierté, il affecta de recevoir tous ceux de ses amis, que cet événement engageait à le visiter, d'un air gracieux et enjoué, en sorte qu'il leur parut plus gai et plus amusant que jamais.

Toutefois il reconnut bien qu'il lui fallait changer son genre de vie; mais il ne pouvait s'y résoudre sous les yeux de ceux avec lesquels il avait si longtemps vécu sur un pied d'égalité et dans le plus grand faste. Les principes d'honneur qu'il avait toujours conservés, l'avaient mis à l'abri du malheur de contracter des dettes, et le peu qu'il possédait était bien à lui. Il publia donc qu'il allait quitter Londres pour respirer un air plus pur, renvoya son chirurgien, prit gaiement congé de ses amis, et, ne mettant dans sa confidence que son domestique, il loua secrètement dans Swallow-Street un petit logement peu coûteux.

Là, pour se dérober à la vue de tous ceux qu'il avait connus, il resta soigneusement caché, résolu à reprendre le métier des armes, dès qu'il serait guéri.

Cependant la situation dans laquelle il se trouvait était peu propre à amener son rétablissement. La précipitation de son changement de demeure, le renvoi de son chirurgien, la privation de toutes les douceurs de la vie et la mortification qu'il éprouvait, tout augmentait sa fièvre, qui l'affaiblit tellement, que son domestique, craignant pour sa vie, fit secrètement avertir sa mère et de son état, et du lieu qu'il habitait.

Celle-ci, au désespoir, accourut aussitôt avec sa fille. Elle voulait sur-le-champ le faire conduire chez elle; mais le premier transport l'avait tellement fatigué, qu'il ne voulut pas se prêter à un second. Il fut de même impossible de le faire consentir à voir un médecin; les prières de sa mère et de sa sœur furent inutiles; car la crainte de voir découvrir sa feinte et l'état de sa fortune le fit résister à toutes leurs instances. Il leur imposa silence en leur jurant que c'en était fait de lui, si l'on changeait quelque chose au plan qu'il avait formé, en sorte qu'il fallut se soumettre à sa volonté.

C'était donc par hasard que M. Albany, qui venait visiter un autre malade dans la maison, était un jour entré dans sa chambre; néanmoins, comme il aimait et respectait beaucoup ce vieillard, il n'avait pas été fâché de le voir.

Il en fut tout autrement du jeune Delvile. Celui-ci, ayant rencontré dans la rue le domestique de Belfield, lui demanda des nouvelles de la santé de son maître, et finit par apprendre de ce garçon la plus grande partie de la vérité. Dès le lendemain, Belfield reçut une lettre dans laquelle Mortimer, après s'être excusé de la liberté qu'il prenait, lui disait que rien au monde ne lui ferait plus de plaisir que d'apprendre en quoi il pourrait lui être utile, soit par lui-même, soit par ses amis, et qu'il se trouverait trop heureux de lui rendre quelque service.

Belfield, très-mortifié que sa situation ne fût plus un mystère, se contenta de faire une réponse verbale, joignant à ses remercîments la prière de ne point divulguer sa présence à Londres, attendu qu'il n'était pas assez bien pour recevoir personne.

Le jeune Delvile, qui aurait pu se blesser de voir repousser ainsi ses avances, n'en continua pas moins à venir tous les matins à sa porte s'informer de son état, sans faire de nouvelles tentatives pour entrer. Vaincu par la délicatesse de cette conduite, Belfield se résolut enfin à l'admettre, et Mortimer venait de le voir pour la première fois lorsqu'il rencontra Cécilia sur l'escalier.

Tel fut, à quelques petits détails près, le récit que miss Belfield fit à Cécilia.

— Ma mère, ajouta-t-elle, qui ne le quitte jamais, sait, madame, que vous êtez ici; comme elle m'a entendue hier parler avec quelqu'un, il m'a fallu lui dire ce qui s'était passé, et que vous m'aviez promis de revenir ce matin.

Cécilia la remercia avec effusion de la confiance qu'elle venait de lui témoigner, et lui demanda comment il se pouvait que, si jeune encore, elle eût déjà passé *deux années entières dans l'affliction?*

— A la mort de mon père, madame, répondit-elle, toute notre famille se sépara; je quittai mes autres parents pour suivre ma mère, qui s'établit à Padington; il faut vous avouer qu'elle ne m'a jamais aimée. En général, elle ne se soucie guère que de mon frère, car elle croit le reste du monde fait uniquement pour lui. En conséquence elle me refusait, comme elle se refusait à elle-même, les choses les plus nécessaires, pour épargner de quoi fournir à la dépense qu'il faisait. Je suis bien sûre que s'il avait su comment elle se procurait cet argent, il ne l'aurait jamais accepté. — J'espère, dit Cécilia, qu'à présent tout ira mieux, pourvu que votre frère consente à voir un médecin. — Ah! madame, je crains bien que nous n'obtenions jamais cela. Il ne voudra pas qu'on le trouve dans ce misérable logement. Je consentirais à passer des journées entières à genoux devant lui, si je croyais par là pouvoir l'y décider; car je l'aime bien! Il a le meilleur cœur et les plus excellentes inclinations qu'on puisse désirer; mais il a vécu si longtemps avec les grands seigneurs, qu'il s'est accoutumé à dédaigner sa famille, et qu'il a honte de nous. Cependant, aujourd'hui, qu'il est dans la détresse, les grands seigneurs viendront-ils l'en tirer? — Et je crains, dit Cécilia, que son malheur ne se soit étendu sur vous, que sa ruine n'ait causé la vôtre? — Mon frère a des procédés trop nobles et trop équitables pour cela. Il a pris grand soin, au contraire, de ne point nous faire partager ses périls, et il est impossible d'en mieux agir qu'il ne l'a fait avec toute sa famille en matière d'intérêt. — Il me semble pourtant, reprit Cécilia, d'un air qui annonçait autant d'affection que de délicatesse, il me semble que votre mère et vous, manquez de quelques aisances de la vie? — Ah! madame, c'est ma mère qui le veut ainsi. Depuis l'instant où nous sommes venues habiter cette triste demeure, et qu'elle a trouvé son fils, celui qu'elle croit si fort au-dessus de nous, dans une position aussi déplorable, elle n'a plus écouté la raison. Elle a renvoyé nos deux servantes, voulant que nous nous servissions nous-mêmes; elle s'est assurée de cette petite chambre et a donné l'ordre de louer sa maison de Padington, où elle prétend qu'elle ne retournera plus. — Vous êtes donc absolument sans domestique? — Nous avons le laquais de mon frère; il allume notre feu, et c'est à peu près tout ce dont nous avons besoin, à l'exception des chambres qu'il faut balayer; car nous ne mangeons que des viandes froides que nous prenons à la taverne. — Et combien cela doit-il durer? — C'est ce que je ne puis savoir, madame; car, à dire vrai, ma pauvre mère n'est pas encore remise. Elle a été si malheureuse de voir toutes ses espérances évanouies, son cher fils, qu'elle croyait riche et puissant, environné d'amis et d'admirateurs, tombé dans la misère et dans l'abandon!... Ah! madame, si vous la voyiez maintenant jeter les yeux sur lui, elle vous ferait pitié. — Je conçois son désespoir, dit Cécilia, mais j'espère que ce fils, qui lui a coûté tant de sacrifices, répond à sa tendresse, tout aveugle qu'elle est, et qu'il ne la paye point d'ingratitude. — Oh! non, madame, il passe sa vie à la consoler, à tâcher de rendre sa peine moins amère, et je l'en estime d'autant plus qu'il m'a avoué en secret que les secours qu'il a reçus d'elle, en l'aidant à continuer sa vie oisive et dispendieuse, avaient surtout contribué à sa perte; quoiqu'il se garde bien de le lui dire, ma pauvre mère ne le sait que trop, et elle prétend que s'il ne se rétablit pas, elle s'en punira jusqu'à son dernier jour, qu'elle ne retournera jamais dans sa maison, ne prendra plus de servante, ne mangera que du pain et ne boira que de l'eau. — Pauvre malheureuse femme! s'écria Cécilia, elle paye bien cher son imprudente indulgence; mais devriez-vous en souffrir aussi? — Ce n'est pas sa faute, madame, car elle désirerait que j'allasse vivre chez une de mes sœurs; mais pour rien dans le monde je ne voudrais la quitter.

Bien que l'intérêt de Cécilia pour la jeune Henriette s'accrût à chaque mot de cette conversation, elle sentit néanmoins qu'il était temps de lui rendre sa liberté, et, lui renouvelant ses offres de service et ses marques d'affection, elle la quitta, non sans lui promettre de revenir bientôt.

Un projet que Cécilia avait formé en secret, était celui d'informer le chirurgien qui avait soigné M. Belfield, de l'adresse et de l'état du malheureux jeune homme, en le priant de lui continuer ses visites, qu'elle se chargerait de payer. Elle avait su par M. Arnott que ce chirurgien s'appelait Rupil, et elle donna aussitôt l'ordre à Ralph, son laquais, de s'informer de sa demeure.

— Je la sais déjà, madame, lui répondit Ralph; j'ai lu son nom écrit sur la porte de cette maison de Cavendish-Street, où vous vous êtes réfugiée pour ne pas voir passer les criminels qu'on conduisait à Tyburn.

Cette réponse dévoila à Cécilia un mystère qui l'avait longtemps tourmentée. Elle comprit comment Mortimer, la trouvant sur l'escalier, avait supposé naturellement qu'elle était venue demander au chirurgien des nouvelles de M. Belfield, ce qui annonçait un vif intérêt pour le malade.

Cette découverte, qui lui faisait craindre de nouvelles plaisanteries si sa démarche était connue du jeune Delvile, la chagrina; mais, soutenue par la pureté de ses intentions, elle n'en suivit pas moins son projet, et, dès qu'elle fut rentrée chez elle, elle écrivit à M. Rupil, comme un ami de M. Belfield, qui désirait ne point se nommer, mais qui offrait de donner toutes les sûretés qu'on pourrait exiger.

L'embarras était de faire parvenir ce billet; l'envoyer par son propre domestique, c'était se découvrir, et comme elle voulait avoir une réponse, elle ne pouvait employer la poste, en sorte qu'elle résolut d'avoir recours à mistress Hill, sur le dévouement de laquelle elle pouvait compter.

La journée était déjà avancée, mais on dînait fort tard dans la maison Harrel, et craignant de perdre un jour, elle se rendit aussitôt dans Fetter-Lane, où elle trouva mistress Hill tout établie et ravie de son changement de demeure et d'occupations. Elle lui remit son billet, lui dit de le porter sur-le-champ à M. Rupil, et de ne le remettre qu'à lui-même, sans faire connaître en rien la personne qui l'envoyait.

En attendant le retour de sa messagère, elle entra dans l'arrière-boutique, que mistress Roberts appelait son parloir, et s'amusa à jouer avec les petites filles. Mistress Hill revenue, dit qu'elle avait trouvé M. Rupil chez lui, que n'ayant pas voulu remettre le billet à son domestique, il l'avait reçue dans une chambre où il s'entretenait avec un monsieur auquel il avait dit en riant, après avoir lu :

— Voici encore une personne qui me fait la même

demande que vous, j'agirai avec tous deux de la même manière.

Qu'ensuite, il avait écrit la réponse qu'elle rapportait et qui contenait ce qui suit :

« M. Rupil se rendra bien certainement chez M. Belfield, dont les amis peuvent être assurés qu'il fera tout ce qui est en son pouvoir pour le guérir, sans exiger d'autre récompense que le plaisir d'obliger une personne à laquelle on paraît prendre un si grand intérêt. »

Cécilia, enchantée d'un succès aussi prompt, s'informait plus en détail de ce qui s'était passé, lorsque mistress Hill lui dit à demi-voix :

— Voici le gentleman qui était avec M. Rupil lorsque j'ai remis le billet. J'avais bien remarqué qu'il m'avait suivie, car j'ai fait plusieurs détours sans cesser de l'avoir toujours sur mes talons.

Cécilia regarda et reconnut le jeune Delvile, qui, après s'être arrêté un moment sur la porte, entra dans la boutique et demanda des gants. Déconcertée au dernier point par cette nouvelle rencontre, elle maudit la fatalité qui semblait le conduire sur ses pas, quand elle aurait tant voulu l'éviter.

Lorsqu'il s'aperçut qu'elle le regardait, il la salua très-respectueusement. Elle rougit en lui rendant son salut, et se prépara, non sans beaucoup de déplaisir, à soutenir l'attaque que justifiait en quelque sorte la circonstance. Mais, dès qu'il eut payé ses gants, il lui fit un second salut, et sortit de la boutique sans prononcer une parole.

Un silence aussi inattendu la troubla bien autrement que les railleries auxquelles elle se disposait à répondre. Elle se fit répéter par mistress Hill le récit de tout ce qui s'était passé chez M. Rupil. Elle en conclut que Mortimer l'avait devancée dans l'intention de récompenser les soins qui seraient donnés à M. Belfield, ce qui augmenta son estime pour lui; mais, d'un autre côté, comment penser sans peine qu'il savait tout, puisqu'il avait suivi la messagère, et qu'il regardait dès lors son attachement pour M. Belfield comme trop sérieux pour souffrir la moindre plaisanterie?

Une obstination.

Cécilia rentra si tard que le dîner était servi. Son négligé du matin et sa longue absence excitèrent la curiosité de mistress Harrel, qui l'accabla de questions auxquelles elle répondait vaguement, lorsque sir Robert Floyer, se tournant tout à coup vers elle, lui dit d'un air de surprise :

— Si vous faites souvent de pareilles escapades, miss Beverley, il est temps que je commence à m'informer de vos démarches. — Ce que vous apprendriez, monsieur, vous payerait fort mal de votre peine, répondit froidement Cécilia. — Lorsque nous la tiendrons une fois à Violet-Banck, dit en riant M. Harrel, il nous sera plus facile de l'observer de près. — Je l'espère, répliqua le baronnet, quoiqu'elle ait été jusqu'à présent si grave que je n'ai, sur ma foi, jamais imaginé qu'elle fît autre chose que lire des sermons, je m'aperçois pourtant qu'il n'y a pas plus de sûreté à se fier aux femmes qu'à prêter son argent. — Ah! sir Robert, s'écria mistress Harrel, vous savez que

je vous reproche sans cesse votre excessive sécurit
— Et pourquoi serait-elle troublée, madame? répli
qua le baronnet, dois-je m'alarmer de ce qu'une jeun
personne aille se promener sans moi? Pensez-vou
que mon désir soit d'empêcher miss Beverley de di
poser de sa matinée, quand j'ai le bonheur de la voi
tous les soirs et de lui rendre des soins?

Cécilia, stupéfaite de ce propos, qui, non-seule
ment, était l'aveu public des prétentions de sir Ro
bert, mais annonçait encore la certitude de leu
succès, se décida aussitôt à s'expliquer avec lui dè
le jour même, puisque M. Harrel s'obstinait à n
point transmettre le refus formel dont elle l'avai
chargé.

Cette démarche pouvait d'autant moins souffrir d
retard que l'on partait deux jours après pour Violet
Banck, et qu'elle venait d'apprendre par la conver
sation que le baronnet devait être de la partie.

En conséquence, le soir, contre l'ordinaire, loin d
faire aucun effort pour éviter sir Robert, elle lui fac
lita tous les moyens de l'entretenir; mais M. Harre
vint toujours interrompre leurs conversations par u
empressement hors de saison, et trop marqué pou
être l'effet du hasard, en sorte que la soirée finit san
qu'il lui fût possible de tirer sir Robert de son erreur

Elle ne parvint pas davantage le lendemain à trai
ter ce sujet avec M. Harrel, qui, dans la craint
qu'elle ne lui parlât de son argent, prit grand soin d
ne point se trouver seul avec elle. Elle n'eut don
plus de ressource que dans mistress Harrel, et lu
demanda un entretien particulier; mais celle-ci, re
doutant une nouvelle mercuriale sur l'économie, lu
répondit avec humeur qu'elle était fort souffrante, e
ne pouvait s'occuper d'affaires sérieuses.

Cécilia, justement offensée, ne savait plus quel parti prendre et se désespérait, lorsqu'un heureux hasard lui amena M. Monkton.

Elle lui rendit compte aussitôt de tout ce qui se passait, en le priant de lui indiquer un moyen de se débarrasser du baronnet.

M Monkton reconnut si bien le danger auquel elle s'exposerait en laissant subsister des prétentions de cette nature, qu'il n'épargna rien pour augmenter son mécontentement. Il était surtout furieux contre M. Harrel, qui bien certainement, disait-il, n'appuyait avec tant de force et de ruse les poursuites de sir Robert que dans un intérêt personnel.

L'entretien ne se termina point sans que Cécilia lui demandât son avis relativement au départ de la famille et du baronnet pour Violet-Banck.

— Il faut que vous refusiez d'aller à Violet-Banck, répondit M. Monkton; après ce qui s'est passé, votre séjour sous le même toit que sir Robert confirmerait les bruits qu'on a déjà fait courir et sur lesquels ils comptent tous pour vous obliger à céder. L'effet que cela produirait serait beaucoup plus sérieux que vous ne pouvez l'imaginer.

Cécilia lui promit de suivre son conseil, quelles que fussent les oppositions de M. Harrel, et il la quitta, ravi de penser qu'il pourrait la voir tant qu'il le voudrait pendant l'absence des maîtres de la maison.

Comme elle n'avait besoin d'aucune audience particulière pour déclarer qu'elle ne voulait pas aller à la campagne, le lendemain, au déjeuner, elle annonça qu'elle se proposait de passer les fêtes de Pâques à Londres.

D'abord, M. Harrel se contenta de rire et de l railler sur son goût pour la solitude; mais lorsqu'i vit qu'elle parlait sérieusement, il s'y opposa forte ment, et pria mistress Harrel de joindre ses prière aux siennes. Mistress Harrel obéit; il est vrai que c fut avec tant de froideur, que Cécilia reconnut tro bien qu'il ne restait plus trace de l'ancienne intimité et que Priscilla la regardait depuis leur dernier en tretien comme un censeur sévère et fâcheux.

M. Arnott, qui se trouvait présent, ne se mêlai point à ce débat; il n'en jouissait pas moins à par lui, en pensant que l'opposition de miss Bever ley tenait au peu de goût qu'elle avait pour si Robert.

A la fin, Cécilia, lassée des sollicitations d M. Harrel, lui dit gravement que, s'il désirai savoir les raisons qui l'empêchaient de se prêter à ce qu'il exigeait, elle consentait à les lui communiquer.

M. Harrel, après avoir hésité un moment, la suivit dans la chambre voisine.

Elle lui apprit alors qu'elle était résolue à ne jamais habiter une maison qu'habiterait sir Robert, et témoigna ouvertement son chagrin et son mécontentement de ce qu'il persistait, malgré tout ce qu'elle avait pu lui dire, à encourager des poursuites qu'elle repoussait.

— Ma chère miss Beverley, répondit M. Harrel, lorsque les jeunes personnes s'abusent sur leur véritable penchant, il faut bien qu'un ami les éclaire. Il est certain que vous aviez été d'abord très-favorable au baronnet. Il y a fort peu de temps que vous avez changé pour lui, et j'ose prédire que vous reprendrez s premiers sentiments. — Vous m'étonnez, monsieur, s'écria Cécilia, quand lui ai-je été favorable? e lui ai-je pas constamment témoigné mon aversion? J'imagine, répliqua M. Harrel en riant, que vous rez quelque peine à le lui persuader; votre conite à l'Opéra n'était guère propre à lui inspirer tte idée. — Je me suis déjà expliquée, monsieur, r ma conduite à l'Opéra, et s'il reste à sir Robert moindre doute, soit relativement à cette affaire ou toute autre, vous me permettrez de vous dire que ne puis m'en prendre qu'à vous. Je vous prie donc ne point l'amuser plus longtemps et de l'instruire mon refus. — Ah! fi, fi, miss Beverley, après tout qui s'est passé, après une si longue attente et tant assiduités, vous ne pouvez songer sérieusement à congédier.

Cécilia, aussi piquée que surprise de ces derniers ots, fut un moment à savoir ce qu'elle répondrait, M. Harrel, feignant de voir un consentement dans silence, lui prit la main en disant : Allons, je suis r que vous avez trop de conscience pour vous uer d'un homme tel que le baronnet. Il n'y a pas e femme à Londres qui ne fût heureuse d'être à tre place.

Il voulut alors la reconduire dans la salle à manger, ais Cécilia, retirant sa main, sans chercher à dissimuler son dépit, s'écria :

— Non, non, monsieur, cela ne se passera pas nsi; le refus que j'ai fait de la main de sir Robert à nstant même où vous me la proposiez de sa part, saurait vous être échappé. Vous ne pouvez ni vous être mépris ni l'avoir oublié, et je suis outrée de tre inconcevable opiniâtreté à ne point vouloir lui transmettre ma réponse. — Les jeunes personn élevées en province, repartit M. Harrel avec l'a dégagé qui lui était familier, ont toujours des idé un peu romanesques. Il est assez difficile de trait avec elles; mais comme le monde m'est beaucou mieux connu qu'à vous, il m'est permis de vous di que si après tout ce qui s'est passé, vous persisti à refuser sir Robert Floyer, il aurait sujet de se plai dre de votre procédé. — Pouvez-vous dire cel monsieur! reprit Cécilia, il est impossible que vo le pensiez. Écoutez-moi, je vous prie, enfin, et ass rez, s'il vous plaît, votre ami que... — Non, no dit M. Harrel, d'un ton de gaieté affectée, vous arra gerez vous-même cette affaire à votre fantaisie; ne me convient pas de me mêler des querelles d amants. Puis, s'efforçant de rire, il s'échappa aus sitôt.

Cécilia fut si fort irritée de ce procédé inouï, qu'a lieu de rejoindre mistress Harrel, elle alla s'enferm dans sa chambre. Il lui était aisé de reconnaître qu M. Harrel emploierait tous les moyens dont il pour rait s'aviser pour l'engager à quelque fausse déma che dont le baronnet pût se prévaloir, et cette idé l'affermissait dans le dessein de refuser absolume d'être de la partie de Violet-Bank.

Le jour suivant, comme on déjeunait, M. Harr vint demander si tout le monde serait prêt le lend main à dix heures pour se mettre en route. Sa femm et M. Arnott répondirent que oui; mais Cécilia ga dant le silence, il se tourna vers elle et lui répéta l même question :

— Pensez-vous que je sois assez capricieuse, dit elle alors, pour avoir changé d'avis ce matin, apr vous avoir dit hier que je ne pouvais être de votre partie. — Je ne saurais cependant imaginer, répliqua M. Harrel, que vous pensiez à rester seule à Londres. Cela serait si peu convenable pour une jeune personne de votre âge, qu'en qualité de votre tuteur je me crois obligé de m'y opposer.

Confondue de ce ton d'autorité, Cécilia le regarda d'un air aussi mortifié qu'irrité; sentant néanmoins qu'il serait inutile de s'opposer à sa volonté, dans le cas où il voudrait user de son pouvoir, elle ne répondit pas un mot.

— D'ailleurs, continua-t-il, j'ai quelques réparations en vue, surtout dans votre appartement; et les ouvriers ne pourraient rien faire si nous ne partions pas tous.

Cécilia, vraiment alarmée d'une persécution aussi constante, ne vit plus d'autre ressource que celle de s'adresser à mistress Delvile et de lui demander un appartement chez elle pendant le temps que ses hôtes passeraient à la campagne.

Elle n'eut pas plutôt formé ce projet qu'elle se hâta de se rendre à Saint-James-Square, et son bonheur voulut qu'elle trouvât mistress Delvile seule.

Après les premiers compliments, comme elle cherchait le moyen d'amener sa proposition, mistress Delvile lui dit :

— Je suis fâchée d'apprendre que nous allons bientôt vous perdre; j'espère pourtant que M. Harrel ne fera pas un long séjour à la campagne, autrement je serais bien tentée d'aller vous enlever. — C'est un honneur dont je serais heureuse et fière, répondit Cécilia, enchantée de cette ouverture. — Réellement, reprit mistress Delvile, votre départ de Londres me ntenant est tout à fait contrariant pour moi. M. Delvile est allé passer les fêtes chez le duc de Derwent, où je n'étais pas assez bien portante pour l'accompagner. De son côté, mon fils a pris un autre engagement, et il y a si peu de gens actuellement en ville que je me soucie de voir que je vivrai presque seule. — Si j'osais me flatter, dit Cécilia, qu'en pareille circonstance vous daignassiez me recevoir, je serais bien empressée d'échanger la partie de Violet-Bank contre un tel avantage. — Vous êtes bien aimable, répondit mistress Delvile; au fond ce n'est pas que je craigne la solitude, car le plus souvent le monde m'est à charge, je rencontre fort peu de gens qui aient le talent de m'amuser, et dans ce petit nombre la plupart ont dans leurs manières, dans leur position je ne sais quoi, qui rend toute liaison intime avec eux incommode ou déplaisante. Avec vous, au contraire, ajouta-t-elle en prenant la main de Cécilia, rien ne s'oppose au penchant qui me porte à former une amitié qui sera, j'espère, aussi durable que satisfaisante.

Cécilia témoigna de la manière la plus expressive combien elle était touchée de l'idée favorable que mistress Delvile voulait bien avoir d'elle, et celle-ci, s'apercevant bientôt qu'elle avait peu de goût pour la partie de Violet-Bank, lui demanda s'il lui serait possible de s'en exempter.

— Sans aucun doute, répondit sur-le-champ Cécilia. — Et seriez-vous réellement assez complaisante, dit mistress Delvile un peu surprise, pour me donner le temps que vous destiniez à ce voyage? — De tout mon cœur, si vous avez la bonté de le désirer. — Mais pourriez-vous aussi, car vous ne sauriez rester seule dans la maison de Portman-Square, vous arranger à vivre absolument chez moi jusqu'au retour de M. Harrel?

Cécilia, comme on peut le croire, n'hésita pas un instant à accepter cette proposition si conforme à ses désirs, et mistress Delvile s'engagea à lui faire préparer un appartement sur-le-champ.

L'esprit tranquille et le cœur joyeux, elle retourna chez M. Harrel, et elle attendit le moment du dîner où toute la famille se trouvait rassemblée, pour faire part de son nouvel arrangement.

La surprise que causa cette nouvelle fut générale. Le baronnet avait l'air d'un homme qui se croit joué; M. Arnott était moitié satisfait et moitié chagrin; mistress Harrel ne paraissait qu'étonnée et son mari se montrait de beaucoup le plus affecté, au point de ne pouvoir cacher son dépit et sa colère.

Cécilia de son côté était au comble de ses vœux; en quittant la maison d'un de ses tuteurs pour aller habiter celle d'un autre, elle savait que personne n'avait le droit de s'y opposer, et l'empressement flatteur avec lequel mistress Delvile avait prévenu sa demande la délivrait d'un pénible embarras.

Le lendemain matin, tandis que la famille était occupée à faire ses paquets, elle prit congé de mistress Harrel qui lui témoigna faiblement le regret d'être privée de sa compagnie, et se hâtant de faire ses adieux à M. Harrel et à M. Arnott, elle se fit porter à sa nouvelle demeure.

Mistress Delvile la reçut de la manière la plus gracieuse; elle la conduisit à l'appartement qu'elle lui avait fait préparer, lui montra la bibliothèque, la priant d'en disposer comme de la sienne, et lui recommanda de ne pas oublier qu'elle se trouvait dans une maison où tout était à ses ordres.

Le jeune Delvile ne parut qu'à l'heure du dîner. Cécilia, se rappelant les étranges situations dans lesquelles il l'avait vue, rougit beaucoup la première fois qu'elle rencontra ses regards; mais comme il était gai, naturel et que la conversation restait générale, elle se remit bientôt de son trouble, et la journée se passa pour elle le plus agréablement du monde.

Il en fut de même des jours qui suivirent; les heures qu'elle passait seule avec mistress Delvile lui faisaient apprécier plus qu'elle ne l'avait fait encore l'esprit et le bon sens de cette aimable femme. Bien qu'elle pût au fond la soupçonner d'être un peu orgueilleuse, elle lui reconnaissait tant de qualités excellentes et un mérite si élevé, que les égards qu'elle exigeait semblaient au-dessous de ceux qu'on estimait lui être dus. Quant à Mortimer, une intelligence supérieure, la noblesse de ses manières et de ses sentiments, un mélange de douceur et de franchise, tout prêtait un charme infini à sa conversation aussi bien qu'à sa personne.

Ce fut là que Cécilia jouit enfin de ce bonheur qu'elle avait si longtemps rêvé; la vie qu'elle menait n'était ni trop bruyante ni trop retirée, la société qu'elle voyait se composait de gens de distinction et de gens à talent, dont les visites n'étaient ni longues ni fréquentes. Sa nouvelle situation lui semblait d'autant plus délicieuse qu'elle la comparait à celle qu'elle venait de quitter; elle n'était plus révoltée par le désordre et l'extravagance, tourmentée par des poursuites odieuses; tout restait simple et calme autour d'elle, sans cesser d'être intéressant et animé.

Toutefois, son dessein de tirer le jeune Delvile d'erreur sur la nature de ses rapports avec M. Belfield ne put s'exécuter; jamais il ne dit un mot, même lorsqu'il se trouva seul avec elle, qui fût de nature à amener une explication sur ce sujet, qu'elle n'eut pas le courage de traiter la première.

Ceci n'empêchait point qu'elle ne désirât savoir si le chirurgien tenait sa promesse, et si toute cette malheureuse famille pouvait encore se passer de secours; mais la crainte d'être rencontrée une seconde fois par Mortimer chez M. Belfield lui fit prendre le parti d'écrire à Henrietta.

Elle priait la jeune fille de lui donner des nouvelles de son frère, et la pressait avec toute la délicatesse imaginable de recourir à son amitié, dans le cas où les ressources de ses parents seraient épuisées.

Elle envoya sa lettre par son laquais, qui rapporta la réponse suivante :

« A miss Beverley,

« Ah! madame, votre bonté me confond! Nous n'avons besoin de rien encore; mais je crains que nous ne puissions dire cela longtemps. Quoique j'espère ne jamais devenir trop fière et trop susceptible, j'aime mieux lutter contre l'infortune que de déplaire à mon malheureux frère, surtout dans ce moment-ci. Sa blessure, grâce au ciel, a été pansée par le chirurgien, qui le soigne sans vouloir être payé; mais mon frère est prêt à se défaire de tout ce qu'il possède plutôt que de lui avoir cette obligation J'avoue que je ne conçois pas pourquoi il redoute si fort qu'on lui rende service, puisque, lorsqu'il était riche, il a toujours cherché à être utile aux autres. Il me semble que le chirurgien le trouve très-mal, il a l'air triste en le quittant, et ne répond rien aux questions que nous lui faisons, ma mère et moi.

Je suis honteuse de vous envoyer ce griffonnage : je n'ose prier mon frère de m'aider, parce qu'il serait fâché que j'eusse fait mention de lui. Comme je n'ai jamais vu que l'orgueil produisît rien de bon, je ne veux pas imiter Belfield, et n'ayant pas autant d'esprit que lui, il est inutile que j'aie ses défauts. Ainsi, toute mal écrite qu'est cette lettre, j'ose vous l'adresser, telle que la voici, en réclamant votre indulgence.

» Je demeure, madame, avec le plus profond respect,

» Votre très-obligée et très-humble servante,

» HENRIETTA BELFIELD. »

Cécilia fut émue et attendrie de la naïve simplicité du style de cette lettre, et se promit de tout faire pour être utile à une aussi charmante fille. Sachant que pour le présent M. Rupil prenait soin du blessé, et que la famille ne manquait encore de rien, elle fut délivrée de la seule inquiétude qui pût troubler son esprit, et se livra tout entière au bonheur dont elle jouissait.

En général, ceux dont la félicité n'est point interrompue, s'aperçoivent à peine de sa durée. Le temps s'envolait alors pour Cécilia avec une telle rapidité, qu'elle se croyait parfois à moitié de la matinée lorsque la nuit venait, et qu'elle avait passé quinze jours chez mistress Delvile avant de s'apercevoir que la première semaine était écoulée. Une carte de mistress Harrel, qui lui annonçait son arrivée et la priait de revenir chez elle, vint l'arracher à ses douces illusions. En vain se flatta-t-elle que mistress Delvile lui proposerait de prolonger son séjour, cette dame lui témoigna le regret de la perdre, mais sans ajouter un mot pour prévenir cette séparation.

Cécilia, déconcertée, fit alors ses préparatifs et fixa au jour suivant son retour à Portman-Square.

Cette journée fut bien différente de celles qui l'avaient précédée; elle s'écoula tristement. Mistress Delvile parut très-affectée, son fils ne fit point mystère de son chagrin; mais quoiqu'ils fussent tous mécontents, pas un des trois ne fit le moindre effort pour obtenir un délai.

Le lendemain, pendant le déjeuner, mistress Delvile remercia affectueusement miss Beverley du temps qu'elle lui avait donné, la priant d'adoucir par de fréquentes visites la privation qu'elle allait éprouver. Le jeune Delvile appuya cette prière avec une si grande chaleur, que tant de bienveillance et d'affection modéra un peu les regrets de Cécilia.

Lorsque le carrosse de mistress Harrel fut arrivé, Mortimer lui donna la main pour l'y conduire, après que mistress Delvile eut pris congé d'elle avec l'attendrissement le plus marqué.

En descendant l'escalier, il l'arrêta, et lui dit d'un air un peu confus :

— Je désirerais fort, avant le départ de miss Beverley, m'excuser de l'erreur que j'ai commise relativement à M. Belfield; je ne sais s'il lui sera possible de me pardonner, et j'ai peine à concevoir par quelle fatalité ou par quel aveuglement j'ai pu y persister si longtemps. — Oh! s'écria Cécilia, ravie de cette explication volontaire, si vous êtes réellement convaincu de votre erreur, c'est tout ce que je puis désirer. Les apparences, je l'avoue, étaient si fort contre moi, que je ne saurais vous en vouloir. — Voilà certainement ce qu'on peut appeler de la candeur, reprit-il en continuant à descendre; dans le vrai, quoique votre inquiétude fût manifeste, l'objet en était ignoré. Mon propre penchant pour M. Belfield a suffi pour m'abuser, sans qu'il s'y joignît, je vous prie de le croire, aucun préjugé défavorable contre sir Robert Floyer, et je respecte tellement votre goût et votre discernement, que votre décision une fois connue, j'ai peine à n'y pas joindre mon approbation.

L'étonnement de Cécilia, à la fin de ce discours, fut extrême. Elle se trouvait alors près du carrosse, dont le laquais avait ouvert la portière. Le jeune Delvile l'aida à monter, puis, lui faisant un profond salut, il rentra dans la maison.

Tourmentée par ces continuelles méprises, et piquée de voir que, bien que l'on variât sur l'objet de ses inclinations, l'idée d'un engagement positif entre elle et l'un de ces deux jeunes gens était invariable, Cécilia résolut de charger le plus tôt possible M. Monkton de voir le baronnet, et de lui déclarer de sa part qu'elle refusait ses offres.

Mistress Harrel la reçut très-froidement. M. Harrel, au contraire, lui fit plus de politesses qu'à l'ordinaire, se montrant fort empressé de lui plaire en tout et de lui rendre sa maison agréable. M Arnott témoigna ouvertement sa joie de la revoir, et sir Robert lui-même se montra pour elle plus respectueux et plus poli, bien qu'il fût aisé de voir ce qu'une pareille condescendance coûtait à cette impérieuse nature.

Rien de tout cela néanmoins ne diminua les regrets et la tristesse de Cécilia; surtout lorsqu'elle eut remarqué qu'aucune réparation ne s'était faite dans les appartements. Cette nouvelle preuve de la duplicité de M. Harrel, jointe à l'indifférence de Priscilla, acheva de lui rendre odieux son séjour dans cette maison.

Une Sympathie.

Cécilia, délivrée des soupçons de Mortimer sur son prétendu penchant pour M. Belfield, ne se fit plus scrupule d'aller voir Henrietta, et dès le lendemain de son retour chez M. Harrel, elle se rendit dans Swallow-Sreet.

Miss Belfield, instruite de son arrivée par le domestique, sortit aussitôt de la chambre de son frère pour la recevoir. La jeune fille était maigre et pâle, elle parut éprouver une vive satisfaction à la vue de miss Beverley.

— Ah! madame, s'écria-t-elle, vous êtes bien bonne de ne pas nous oublier. Vous ne sauriez imaginer le plaisir et la consolation que me donne le souvenir d'une personne telle que vous. C'est à présent la seule joie qui me reste au monde. — Je suis désolée que vous n'en ayez pas de plus grande, répondit Cécilia, vous paraissez bien fatiguée. Comment se porte votre frère? Je crains que le soin que vous prenez de sa santé ne vous fasse négliger la vôtre. — Non, en vérité, madame, ma mère prend soin de lui elle-même, et permet à peine que personne l'approche. — Que dit son chirurgien? — M. Rupil prétend que sa blessure est peu dangereuse, mais ce qu'il y a de fâcheux, c'est que la fièvre ne l'a pas quitté. Il est si maigre, si faible, que je crains bien qu'il ne guérisse jamais. — Ne vous effrayez pas ainsi, dit Cécilia, vous ignorez l'effet que l'air de la campagne peut produire. Il y a tant de ressources avec un homme de son âge. — Oh! non, l'air de la campagne ne saurait lui faire aucun bien; car il est inutile de vouloir vous abuser, madame, vous êtes si bonne que je pense tout haut avec vous, ainsi je veux vous dire la pure vérité. Mon frère est perdu pour toujours.... et cela par sa malheureuse vanité! Il oublie que son père était un simple marchand; il a honte de toute sa famille, et son désir unique est de vivre avec les gens de qualité comme s'il était leur égal. A présent que sa situation ne le lui permet plus, il en est si affecté qu'il ne saurait s'en consoler. Il m'a dit ce matin qu'il voudrait être mort, qu'en prolongeant sa vie il n'avait d'autre perspective qu'une affreuse misère, et quand il m'a vue pleurer amèrement, il en a paru très-touché, car il a toujours été pour moi le meilleur des frères; ôtez-lui cette vanité, qui est son seul défaut, c'est le plus aimable jeune homme qu'on puisse voir. —Et ne forme-t-il aucun projet, n'a-t-il aucune vue pour l'avenir?—Non, absolument aucune. C'est ce quile rend si malheureux et si malade; car M. Rupil dit qu'avec autant de chagrin et d'inquiétude il est impossible qu'il se rétablisse. On ne saurait imaginer à quel point il est changé! Il a perdu sa belle humeur; lui qui étaitautrefois l'âme de toutes les compagnies, à présent, à peine lui échappe-t-il un seul mot, ou s'il parle, ce qu'il dit est si triste que nous en sommes navrées. — Il me paraît, reprit Cécilia, qu'il aurait actuellement moins besoin d'un médecin que d'un ami. — Il a un ami, madame, répliqua miss Belfield, l'ami le plus généreux, qui voudrait lui faire accepter ses services; mais bien loin qu'il en reçoive de la consolation, sa fièvre augmente chaque fois que cet excellent jeune homme vient le voir. — Eh bien! dit Cécilia, je vois que notre tâche ne sera pas facile, et que nous aurons de la peine à le conduire, mais soyez tranquille, et comptez que s'il est possible de le sauver, nous ne le laisserons pas périr.

Alors Cécilia la questionna sur la vie qu'elle menait dans ce triste réduit, offrit de lui prêter des livres, l'assura qu'elle viendrait la voir souvent, et, lorsqu'elle prit congé, bien qu'elle craignît encore de l'offenser, elle lui offrit de nouveau sa bourse. Cette proposition ne révolta plus autant miss Belfield, qui, la remerciant avec reconnaissance, lui dit qu'elle n'était pas dans le cas d'en avoir besoin, et qu'elle ne s'exposerait à déplaire à son frère qu'autant que la nécessité l'y forcerait. Cécilia lui fit promettre cependant que, dans tous les cas imprévus, elle aurait recours à elle, et ce point convenu elle partit.

Durant la route, elle ne put songer à autre chose qu'à chercher le moyen de procurer à M. Belfield quelque emploi ou quelque place avantageuse. Son ignorance du monde s'opposait à ce qu'elle pût tenter sans secours une pareille entreprise; aussi pensa-t-elle d'abord à consulter M. Monkton. Mais bientôt il lui vint une idée qui lui plut davantage, ce fut de faire part de son projet au jeune Delvile, qui déjà se trouvait instruit de la situation de M. Belfield, et savait bien mieux qu'elle ce qui pouvait convenir à ce pauvre jeune homme.

Comme elle se proposait de passer la journée du lendemain chez mistress Delvile, elle savait par expérience qu'il se présenterait l'occasion de rester seule quelques instants avec Mortimer, et, pour tout dire, elle ne pouvait penser, sans une certaine satisfaction, que cette démarche le confirmerait dans l'idée qu'elle n'avait aucun engagement avec M. Belfield, en même temps qu'elle le convaincrait de son indifférence pour sir Robert, qu'elle ne daignait pas même employer pour une chose qui l'intéressait.

Ainsi qu'elle l'avait espéré, le lendemain soir, mistress Delvile quitta le salon un moment pour aller répondre à une lettre, laissant miss Beverley avec son fils. Cécilia, alors, après avoir un peu hésité, dit en souriant :

— Ne trouverez-vous pas bien étrange que j'ose prendre la liberté de vous consulter? — Je vous trouve déjà fort étrange, répondit Mortimer, et si étrange que je ne connais personne qui vous ressemble. Mais quel est le sujet sur lequel vous voulez bien me permettre de vous dire ce que je pense? — Vous connaissez, je crois, la triste situation de M. Belfield ? — Je la connais; elle est fort malheureuse. Je le plains de toute mon âme, et rien au monde ne me ferait plus grand plaisir que de trouver l'occasion de lui rendre service. — On ne saurait trop le plaindre, reprit Cécilia, et si l'on ne trouve pas bientôt le moyen de faire quelque chose pour lui, je crains qu'il ne soit tout à fait perdu. L'agitation de son esprit s'oppose aux effets de tous les remèdes, tant qu'elle durera, sa santé ne se rétablira jamais. Ses sentiments, probablement toujours au-dessus de sa naissance, luttent contre la maladie et la pauvreté. Il mourra plutôt que de se soumettre à sa destinée et de recourir à ses amis. Je n'ose réellement penser à ce qu'il deviendra, n'éprouvant maintenant que peine et misère, et ne prévoyant pour l'avenir que ruine et désolation. — Il n'y a personne au monde, s'écria le jeune Delvile ému, qui ne fût plus porté à envier qu'à plaindre des maux qui excitent cette noble et généreuse pitié! — Il ne veut accepter aucun secours pécuniaire, reprit Cécilia; son esprit est véritablement trop élevé pour qu'il reçoive la moindre consolation d'un soulagement de cette espèce. Je désirerais qu'on pût lui trouver une place où ses talents lui deviendraient utiles. Croyez-vous, monsieur, que cela soit possible? — Je suis ravi, dit Mortimer, de l'air le plus satisfait, que votre pensée et la mienne ne soient qu'une! Voyez, madame, continua-t-il en tirant une lettre de sa poche, ce que j'ai écrit ce matin pour tâcher de procurer à M. Belfield une place où l'éducation qu'il a reçue puisse contribuer à sa fortune.

En parlant ainsi, il rompit le cachet et remit à Cécilia une lettre qu'il adressait à un homme de très-haute condition, dont le fils allait commencer ses voyages, et dans laquelle il lui proposait et lui recommandait chaudement M. Belfield pour gouverneur de ce jeune homme.

Une douce joie se répandit sur le charmant visage de Cécilia, et Mortimer, qui ne l'avait jamais vue si belle, ne cessa point, tandis qu'elle lisait, d'attacher sur elle des regards de tendresse et d'admiration.

Elle avait à peine eu le temps de lui rendre sa lettre en lui souriant d'un air approbatif, quand mistress Delvile rentra dans la chambre.

Pendant le reste de la soirée la conversation fut très-languissante. Cécilia parlait peu, et Mortimer était si distrait que sa mère lui répéta trois fois qu'il devait aller joindre son père pour souper avec lui chez le duc de Derwent, sans qu'il semblât l'avoir entendue.

Cécilia, revenue chez M. Harrel, trouva la maison pleine de monde. Elle ne resta qu'un instant dans la salle de compagnie, et saisit la première occasion pour gagner son appartement.

Libre alors de se livrer à ses réflexions, elle se demanda d'où naissait la douce joie qui remplissait son âme. Dès le premier jour qu'elle avait rencontré le jeune Delvile, il avait attiré son attention par la grâce de ses manières et le charme de son entretien. Depuis, plus elle l'avait connu, et plus son caractère noble, franc et généreux, avait fortifié le penchant involontaire qu'une première vue avait fait naître. Bientôt elle ne se trouva plus avec Mortimer sans une vive satisfaction, et ne s'en séparait jamais sans désirer le revoir. Toutefois, comme l'esprit de Cécilia, plus positif que romanesque, livrait peu de carrière à son imagination, elle n'attribua pendant longtemps le plaisir qu'elle trouvait à s'entretenir avec le jeune Delvile, qu'à son goût naturel pour tout ce qui se distinguait du vulgaire. Ce fut seulement à l'époque où, pour éviter la partie de Violet-Bank, elle alla se loger chez mistress Delvile, qu'elle reconnut le véritable état de son cœur : à son retour chez M. Harrel, cette maison, qui ne lui avait jamais plu, lui devint tout à fait odieuse; elle n'y éprouva que l'ennui, le dégoût. Elle essayait en vain de se persuader que ceux qui l'habitaient étaient changés eux-mêmes et plus insupportables que jamais, son erreur ne pouvait se prolonger davantage, et, lorsque le jeune Delvile, en lui remettant la lettre qu'il avait écrite en faveur de M. Belfield, se récria avec joie sur l'heureuse sympathie qui unissait leurs pensées et leurs sentiments, toute illusion fut dissipée, elle sentit qu'elle avait trouvé le seul homme dont elle désirât devenir la femme.

Dès ce moment, la perspective du plus heureux avenir s'ouvrit devant elle; car elle avait mille raisons de se croire aimée. Cécilia ne pouvait ignorer qu'elle était belle, aucun regard ne se portait sur elle sans le lui dire. Mortimer aussi était beau, et pourtant ce seul avantage ne l'avait pas séduite; son cœur avait cédé surtout à cette distinction d'âme qu'elle avait remarquée en lui. Elle se disait donc, avec une ineffable joie, que la conformité de leur caractère et de leurs sentiments était un indice certain de tendresse réciproque.

Quoique la naissance du jeune Delvile fût au-dessus de la sienne, la différence n'était pas assez grande pour que la fortune considérable qu'elle possédait ne fît point de ce mariage un mariage convenable, et mistress Delvile étant à ses yeux la première des femmes, elle entrevoyait comme une vraie jouissance l'honneur de devenir sa fille. En un mot, sa raison se trouvait d'accord avec son cœur, et tout venait à l'appui de ses chères espérances.

Elle se livrait encore le lendemain aux douces

pensées de la veille, lorsqu'on lui annonça M. Monkton.

En apprenant le départ de la famille Harrel pour la campagne, M. Monkton s'était flatté de profiter de leur absence pour voir très-souvent la jeune héritière; le séjour qu'elle avait fait chez mistress Delvile avait dérangé complétement son projet, car n'étant point connu dans cette maison, il n'avait point osé s'y présenter.

Cécilia le reçut avec le plus grand plaisir; le temps qu'elle avait passé sans le voir lui avait semblé long, et il lui tardait de le consulter sur la conduite qu'elle devait tenir avec sir Robert et M. Harrel. Elle lui rendit compte aussitôt de tout ce qui s'était passé relativement à cette affaire, et lui demanda s'il ne serait pas possible qu'il lui servît d'interprète auprès du baronnet pour le décider à cesser ses poursuites.

M. Monkton écouta attentivement tout ce qu'elle lui dit, et l'assura qu'il réfléchirait mûrement au moyen de la tirer d'une situation qui devenait tous les jours plus critique.

— Je n'agirai cependant, continua-t-il, qu'autant que je serai mieux informé. Je suis persuadé qu'il y a là-dessous un mystère qu'il nous faut connaître. M. Harrel a certainement quelques vues particulières pour témoigner un si grand zèle en faveur de sir Robert, il n'est pas même difficile d'imaginer de quelle nature elles peuvent être. L'amitié, chez un pareil homme, repose sur des emprunts qu'elle facilite, sur l'habitude de fréquenter les mêmes maisons de jeu. Je vous recommande de nouveau d'éviter toute affaire où il serait question d'argent avec M. Harrel, dont personne n'ignore que les dépenses excèdent de beaucoup la fortune.

La contenance de Cécilia pendant cette exhortation suffit pour faire soupçonner à M. Monkton que le conseil n'était pas déplacé. Il devina sur-le-champ le véritable état des choses, lui fit plusieurs questions auxquelles elle essaya d'abord de ne point répondre, puis finit par lui tirer l'aveu de son affaire avec le juif.

Il fut moins alarmé de la somme, qu'il avait cru devoir être plus considérable, que de la démarche à laquelle on l'avait entraînée pour se la procurer. Il lui représenta fortement le danger de s'adresser aux usuriers, et lui fit promettre que dans aucun cas et pour quelque chose que ce fût elle n'aurait recours à de pareils expédients.

Elle lui parla ensuite de la connaissance qu'elle avait faite de miss Belfield et du chagrin que lui causait la situation du frère de cette aimable fille. Dans ce moment, on lui remit une lettre de M. Delvile, qui lui faisait part de son retour à Londres et la priait d'avoir la complaisance de passer chez lui le lendemain dans la matinée, ayant à s'entretenir avec elle d une affaire importante.

L'empressement avec lequel Cécilia accepta cette invitation, et ses exclamations répétées sur ce que M. Delvile pouvait avoir à lui dire, n'échappèrent point à M. Monkton. Laissant là aussitôt Henrietta, M. Harrel et le baronnet, il lui demanda comment elle avait passé son temps dans la maison Delvile, et la pria de lui dire ce qu'elle pensait de cette famille, après avoir vécu intimement avec elle.

Cécilia répondit qu'elle n'en connaissait pas davantage sur M. Delvile, qui avait été absent tout le temps; et sur les questions concernant mistress Delvile, elle fit avec chaleur l'éloge des rares qualités de celle-ci; mais quand l'interrogatoire se porta sur le fils, elle ne s'exprima plus avec la même aisance, ses réponses furent courtes, et elle tâcha de détourner la conversation.

Cet embarras subit jeta dans l'âme de M. Monkton une inquiétude mortelle. Il s'efforça de sourire :

— N'avez-vous pas encore observé, lui dit-il, les manœuvres de toute cette famille pour vous captiver et vous faire tomber dans ses filets? — Non, certainement, s'écria Cécilia blessée de cette question; je suis sûre qu'un plan de ce genre n'a jamais existé, et cette idée ne vous serait point venue si vous connaissiez mieux les Delvile. — Ma chère miss Beverley, reprit-il, je les connais fort bien. A la vérité, je ne vais pas dans leur maison; mais je suis parfaitement au fait de leur caractère, qui m'a été tracé par les gens les plus liés avec eux. — Qu'avez-vous donc appris? il est du moins impossible qu'on puisse dire le moindre mal de mistress Delvile. — Je vous demande pardon, mistress Delvile n'est pas plus parfaite que le reste de sa famille; elle est seulement plus adroite, et, quoique très-fière et très-orgueilleuse, elle est entièrement dominée par l'intérêt. — Je vois qu'on vous a mal informé, répondit avec chaleur Cécilia, mistress Delvile est la plus excellente des femmes. Les gens qui envient sa supériorité peuvent seuls être ses ennemis, elle ne peut pas en avoir d'autres. — Vous la connaîtrez mieux avec le temps, répliqua tranquillement M. Monkton; je souhaite seulement que vous ne payiez pas cette connaissance de la perte de votre bonheur. — Comment, monsieur! s'écria Cécilia fort agitée, ne puis-je la connaître sans mettre mon bonheur en péril? — Je vais vous le dire avec toute la franchise que vous êtes en droit d'exiger de moi; après quoi, le temps prouvera si je me suis trompé ou non. La famille Delvile, malgré sa magnificence fastueuse, est très-pauvre dans toutes ses branches, tant directes que collatérales. — En est-elle pour cela moins estimable? -- Oui, parce qu'elle en est plus avide. Comme ils comptent des deux côtés des ducs dans leur généalogie, en se servant de votre fortune pour soutenir leur nom, ils vous croiront fort honorée de l'emploi qu'ils en daigneront faire, et celle dont ils tiendront ces biens, tout aimable qu'elle est, sera toujours regardée comme fort au-dessous d'eux.

Cécilia, frappée au cœur par ce discours, se leva de son siége, bien décidée à ne pas y répondre. M. Monkton, remarquant son émotion, la suivit, et prenant sa main, lui dit : Je me garderais bien de donner cet avis à une personne que je croirais trop faible pour en profiter; mais comme je suis parfaitement informé de l'usage qu'on se propose de faire de votre fortune, et de la manière dont vous serez traitée par la suite, je crois devoir vous prévenir de leurs desseins, puisqu'il suffira sans doute de vous les indiquer pour vous en préserver.

Cécilia, trop troublée pour le remercier, retira sa main et garda le silence. M. Monkton, jugeant d'après son mécontentement, du véritable état de son cœur, vit avec effroi la grandeur du péril qui le menaçait. Il reconnut que le moment n'était point favorable pour insister sur ce sujet, et crut qu'il ne pouvait mieux faire que de la quitter, afin de la laisser réfléchir sur son exhortation, tandis que l'impression en était encore récente.

Il allait prendre congé; mais Cécilia, très-persuadée qu'il n'avait en vue que l'intérêt qu'il lui portait, fit un effort sur elle-même et l'arrêta.

— Vous me croyez peut-être ingrate, lui dit-elle; je puis vous affirmer que je ne le suis point. Je dois cependant avouer que votre critique sévère du caractère de mistress Delvile m'a révoltée. Rien au monde ne saurait lui nuire dans mon esprit, ou m'empêcher de prendre sa défense, et j'espère que le temps viendra où vous reconnaîtrez que j'avais raison d'agir ainsi. — D'après la bonne opinion que vous avez d'elle, répondit M. Monkton, je me désiste en votre faveur de toute attaque contre mistress Delvile, et je consens à reconnaître qu'elle vaut mieux que tout le reste de la famille. Je vais encore plus loin, je conviendrai, si vous l'exigez, que peut-être M. Delvile lui-même pourrait être souffert aussi bien que sa femme, si tous deux n'avaient point un fils. — Le fils serait donc le plus coupable? dit Cécilia faiblement. — C'est ce fils qui accroît l'insolence et la morgue de ses parents, c'est pour lui qu'ils recherchent avec tant d'avidité les honneurs et la fortune; ils s'enorgueillissent de voir en lui le soutien de leur famille, et ce rejeton leur inspire encore plus de vanité que leurs illustres ancêtres.— Ah! pensa Cécilia, qui pourrait n'être pas vain d'un fils comme celui-là! — Leur projet est donc, continua M. Monkton, de s'assurer par son moyen de votre fortune? Elle serait employée tout entière à arranger leurs affaires, qui sont dans le plus grand désordre.

Ceci dit, M. Monkton abandonna complétement ce sujet, et, avec cette chaleur prudente et réservée qui le servait sans le compromettre. il promit à sa jeune amie de veiller soigneusement et de l'avertir de tout ce qui pourrait porter atteinte à sa réputation et à sa tranquillité. Il s'engagea de nouveau à tâcher de découvrir quels genres de liens unissaient si étroitement M. Harrel et sir Robert, et il partit, tourmenté par des inquiétudes plus vives que celles qu'il avait fait naître.

Il avait entièrement détruit la sérénité d'âme dont Cécilia jouissait avant cet entretien; l'alliance contre laquelle il lui avait été impossible de trouver d'objection, elle l'en trouvait maintenant susceptible. L'accomplissement de ses désirs ne lui semblait plus la félicité suprême, tant M. Monkton, par ses représentations mortifiantes, était parvenu à l'effrayer sur l'avenir. Comme elle était loin de le soupçonner d'aucune vue intéressée et qu'elle connaissait sa grande expérience du monde, elle avait une foi entière dans ses assertions; en sorte qu'elle passa la nuit la plus agitée, tantôt décidée à suivre l'inclination de son cœur, tantôt résolue à surmonter son penchant et à s'abandonner complétement aux conseils de Monkton.

Ce fut dans cette perplexité d'esprit que Cécilia, le lendemain matin, se rendit à l'invitation de M. Delvile.

On la fit entrer dans une pièce de l'appartement, où elle le trouva seul. Après qu'elle eut pris place, il lui dit d'un ton solennel :

— Je vous ai donné la peine, miss Beverley, de venir chez moi, afin de m'entretenir avec vous de vos affaires. C'est un devoir dont j'ai cru ne pouvoir me dispenser dans cette circonstance. Les égards qui sont dus à votre sexe m'auraient sans doute engagé à passer moi-même chez vous; mais j'ai craint que ceux avec lesquels vous logez ne se fussent crus obligés à me rendre ma visite : les gens de basse naissance sont ordinairement les plus exacts en pareil cas. Mon intention ici n'est pas de vous prévenir contre eux, quoique pour moi-même il convienne que je me rappelle combien des liaisons sans choix, en confondant les rangs, deviennent tout à fait préjudiciables à l'ordre de la société qu'elles bouleversent. — Ah! pensa Cécilia, que M. Monkton avait raison! — Je me suis adressé à mistress Delvile pour savoir si vous lui aviez fait l'aveu que je l'avais priée d'obtenir de vous; elle m'a appris que vous ne lui aviez pas dit un mot sur ce sujet. — Je n'avais aucun aveu à faire, et mistress Delvile ne m'ayant rien demandé, j'ai cru qu'elle était satisfaite. — Quant aux questions qu'elle aurait pu vous adresser, je crains que vous ne sentiez pas assez la distance qui existe entre mistress Delvile, tant par sa naissance que par son mariage, et une jeune personne telle que mistress Harrel, dont les parents n'étaient que de simples fermiers de la province de Suffolk. Mais je vous demande pardon... je ne prétends point par là insulter aux vôtres; j'ai toujours entendu louer leur probité, et l'état de fermier n'est point méprisable à mes yeux; d'ailleurs, je ne crois pas que votre père non plus que le doyen votre oncle l'aient jamais été. — Non, monsieur, répondit sèchement Cécilia, très-piquée de cette politesse. — Je n'ai connu par moi-même aucun des individus de votre famille, à l'exception du doyen; ses liaisons avec l'évêque de ***, mon parent, m'ont fait le rencontrer souvent. Il est vrai qu'il m'a paru assez extraordinaire qu'il m'ait nommé pour l'un de ses exécuteurs testamentaires; je ne cherche pas à vous blesser, je serais désespéré, au contraire, de vous causer le moindre chagrin.

M. Monkton revint de nouveau à l'esprit de Cécilia, et quoique curieuse de savoir quelle serait la conclusion de ce pompeux discours, elle aurait voulu pouvoir s'en aller sans en attendre la fin.

— Pour en revenir à mon sujet, continua-t-il, l'époque actuelle de votre vie est celle où vous avez le plus besoin de conseils; en conséquence, je suis fâché que vous n'ayez pas confié vos sentiments à mistress Delvile : une jeune personne, à la veille de s'établir et à même de faire un choix sur un grand nombre de partis, est très-exposée à se tromper et ne saurait mieux faire que de demander des avis à ceux qui sont en état de l'instruire. Ce qui me fait le plus grand plaisir, c'est de pouvoir vous louer de ce que le jeune homme qui a été blessé en duel (je ne saurais me rappeler son nom) est, à ce qu'on m'assure, tout à fait hors de votre pensée, et qu'il n'en est plus question — Que va-t-il s'ensuivre? pensa Cécilia, qui n'eut pas la moindre envie de lui répondre. — Mon dessein donc est de vous parler de sir Robert Floyer. Lorsque j'eus, en dernier lieu, le plaisir de m'entretenir avec vous à ce sujet, vous vous rappellerez vraisemblablement que je penchais pour lui; il est vrai que je le regardais alors comme le concurrent d'un jeune homme de rien, en sorte que je le trouvais plus digne de vous. L'affaire est actuellement différente; il ne s'agit plus de ce jeune homme, et il se présente un nouveau prétendant auquel le baronnet est aussi peu comparable que le jeune homme l'était à lui.

A cette information, Cécilia fut émue d'un sentiment de curiosité si vif, qu'elle redoubla d'attention.

—Ce prétendant est tel, poursuivit M. Delvile, que je ne saurais imaginer qu'une jeune miss pût hésiter un moment à l'accepter. A la fortune près, il est, sous tous les rapports, très-supérieur à sir Robert, et la vôtre peut aisément suppléer à ce qui lui manque sous ce rapport.

Cécilia rougit excessivement. Il lui parut que les prédictions de M. Monkton étaient sur le point de s'accomplir. Tremblante, elle jeta un coup d'œil sur l'avenir, et craignit qu'en acceptant l'offre que l'on allait lui faire, il n'en résultât pour elle toutes les conséquences qui lui avaient été prédites.

— J'ignore encore, continua-t-il, quelles sont les idées que vous avez pu vous former du rang, de la noblesse et des alliances, si vous savez les apprécier à leur juste valeur. Ceux qui n'ont vécu qu'avec des gens riches font souvent peu de cas de la naissance même et lui préfèrent la fortune.

La rougeur que l'attente avait fait naître sur le beau visage de Cécilia fut alors augmentée par la colère et le ressentiment; elle se sentit tellement offensée par l'humiliant préambule des propositions qu'elle attendait, que, dans son dépit, elle résolut de maintenir sa dignité en les refusant absolument, quoi qu'il pût en coûter à son cœur.

— Ainsi donc, ajouta M. Delvile, le refus que vous avez fait de cette offre honorable n'a peut-être été qu'une suite des principes de votre éducation. — Le refus! interrompit Cécilia étonnée; quel refus, monsieur? — N'avez-vous pas refusé la demande de lord Ernof pour son fils? — Lord Ernof! jamais je ne l'ai vu, lui et son fils, qu'en public. — Cela ne fait rien à l'affaire, lorsque le parti est convenable, répliqua M. Delvile; mais quoique ce refus ne vînt pas directement de vous, vous l'aviez sans doute approuvé.— Comment, monsieur? je n'en ai jamais rien su. — Il faut donc que votre mariage avec sir Robert soit plus près de se conclure que je ne l'avais imaginé, autrement M. Harrel n'aurait pas osé, sans vous consulter, donner une réponse aussi décisive au comte.— Non, monsieur, repartit Cécilia impatientée, jamais mon mariage avec sir Robert n'a été plus éloigné, et je ne souhaite point qu'il le soit moins à l'avenir.

Cette conversation lui devenait si pénible que M. Delvile reprit son discours pour un assez long temps sans qu'elle y prêtât la moindre attention, et qu'elle saisit le premier moment d'intervalle pour prendre congé. Il lui enjoignit alors de ne pas s'avancer davantage avec le baronnet, jusqu'à ce qu'il eût le temps de prendre quelques informations au sujet de lord Ernof; et après l'avoir gracieusement assurée de sa protection, il la laissa partir.

Cécilia éprouva une sorte de soulagement à se trouver seule. Tout irritée qu'elle était contre M. Harrel, dont la conduite tendait sans cesse à accréditer le bruit de son mariage avec sir Robert, à peine songea-t-elle à lui, tant un chagrin plus sensible l'absorbait entièrement. Son désappointement en voyant que M. Delvile, au lieu de plaider pour son fils, parlait pour un autre, avait été cruel. Elle se disait maintenant, avec amertume, qu'elle avait tout le temps nécessaire pour motiver son refus de s'allier à des gens qui n'étaient point pressés de mettre sa dignité à l'épreuve. Toutefois, elle se disait aussi que si

M. Monkton s'était trompé au sujet de leurs intentions et de leur prétendu complot, il avait rencontré juste en lui peignant la conduite que tiendraient avec elle des gens si pleins de morgue et d'orgueil.

Trop convaincue que cette peinture était fidèle, elle résolut de tout faire pour vaincre le penchant qui l'entraînait vers le jeune Delvile, et qui ne lui présentait dans l'avenir qu'une suite de mortifications.

Une agitation.

Cécilia, rentrée chez M. Harrel, allait gagner son appartement pour s'y renfermer le reste du jour, lorsque en regardant dans la salle, elle s'aperçut que les domestiques avaient l'air consterné et que toute la maison était dans le plus grand désordre. Au moment où elle appelait sa femme de chambre pour savoir s'il était arrivé quelque malheur, M. Harrel passa devant elle d'un air si égaré, qu'il parut à peine la reconnaître.

Surprise et épouvantée, elle restait immobile; mais celui-ci, retournant tout à coup sur ses pas, lui fit signe de le suivre.

Elle lui obéit. Il la conduisit dans la bibliothèque, où ils ne furent pas plutôt entrés, qu'il en ferma la porte, et saisissant brusquement sa main, il s'écria :

—Miss Beverley, je suis perdu!... je suis ruiné!... je suis à jamais abîmé!—J'espère que non, monsieur, repartit Cécilia fort émue, j'espère que non. Où est mistress Harrel? — Oh! je n'en sais rien, dit-il d'un ton furieux, je ne l'ai point vue... je ne saurais la voir. J'espère ne la revoir jamais! — Fi! fi! répliqua Cécilia, permettez que je l'appelle; il faudrait la consulter dans votre malheur Sa tendresse pour vous... — Sa tendresse! sa haine voulez-vous dire! Ne savez-vous pas qu'elle est aussi ruinée? Oh! ruinée sans ressource .. Et après cela que je puisse encore hésiter, que je diffère un moment à terminer d'un seul coup mes infortunes? — Non, non, s'écria Cécilia, dans une agitation presque égale à celle de ce malheureux homme, ne vous désespérez pas, je vous en conjure. Parlez-moi plus clairement... Qu'est-ce que tout cela veut dire? Comment ce malheur est-il arrivé? — Mes dettes, mes créanciers! Une seule ressource me reste, ajouta-t-il en se frappant le front de la main. — Ne dites pas cela, monsieur, vous en trouverez plus d'une; ne perdez point courage, je vous en prie. Reprenez votre sang-froid, et pourvu que vous vous promettiez d'être plus prudent à l'avenir et d'avoir plus de soin de vos affaires, j'entreprendrai moi-même...

Elle fut arrêtée à ces mots dans son mouvement de compassion, en pensant à l'indignité de celui qui le faisait naître et aux conseils de M. Monkton.

— Quoi, qu'entreprendrez-vous? s'écria M. Harrel avec feu; je sais bien que vous êtes un ange. Dites-moi, que voulez-vous entreprendre? — Je voudrais, répondit Cécilia en hésitant, je voudrais parler à M. Monkton!... je voudrais consulter..... — Vous feriez tout aussi bien de consulter avec tous les maudits créanciers qui sont dans la maison, interrompit M. Harrel; mais vous en êtes bien la maîtresse : ma disgrâce sera bientôt connue de M. Monkton comme de toute la ville, un peu plus tôt, un peu plus tard, cela ne vaut pas la peine que je vous prie de vous en abstenir. — Vos créanciers sont-ils donc actuellement dans la maison? — Eh! oui sans doute, et c'est pour cela qu'il faut que j'en sorte. Ne les avez-vous pas aperçus dans la salle basse?... Ils me menacent avant la nuit de trois différentes saisies!... trois saisies, à moins que je n'acquitte immédiatement les demandes qu'ils ont formées contre moi. — Et à quelle somme ces demandes peuvent-elle bien monter? — Je l'ignore!... je n'oserais m'en informer!.., à quelques mille livres peut-être... Et maintenant je n'ai pas dans la maison quarante guinées dont je puisse disposer. — En ce cas-là, dit Cécilia en se retirant, je ne saurais vous être d'aucune utilité; si leurs demandes sont aussi considérables, je ne puis rien faire.

Elle le quittait alors, aussi épouvantée de la situation dans laquelle il se trouvait qu'indignée des extravagances qui l'y avaient plongé.

— Arrêtez! s'écria-t-il, et écoutez-moi. Alors baissant la voix : Cherchez, continua-t-il, votre malheureuse amie... allez joindre la pauvre Priscilla... Préparez-la à entendre d'horribles nouvelles, et si vous m'abandonnez, ne l'abandonnez pas.

Alors, passant devant elle d'un air désespéré, il se préparait lui-même à sortir de la chambre; mais Cécilia, alarmée de son transport, lui cria : Que voulez vous dire? quelles horribles nouvelles? où voulez-vous aller?

— En enfer! répondit-il; et il sortit en courant.

Cécilia poussa un cri perçant, et le conjurant de l'entendre, courut après lui. Il n'y fit aucune attention; et la fuyant plus vite qu'elle ne pouvait le suivre, il gagna son cabinet, dont il tira avec violence la porte après lui. Elle arriva comme il tournait la clef et fermait au verrou.

Sa frayeur fut alors excessive, elle crut qu'il allait se tuer, et son refus de le secourir lui parut un arrêt de mort. Dans ce moment elle regarda sa fortune comme une bagatelle, comparée à la vie d'un de ses semblables, et lui cria, avec toute la force que lui laissait encore son saisissement, de lui ouvrir, s'engageant par ce qu'il y avait de plus sacré à faire ce qui dépendrait d'elle pour le tirer d'embarras.

A ces mots, il lui ouvrit. Il tenait un rasoir à la main, et son visage était pâle et défait.

— Vous m'avez arrêté, dit-il d'une voix à peine intelligible, au moment où j'avais repris assez de force pour terminer mes peines; cependant, si vous êtes réellement décidée à m'aider, je vais remettre ceci à sa place... sinon je vais l'arroser de mon sang.

— J'y suis décidée! j'y suis décidée! s'écria Cécilia; je ferai tout ce que vous voudrez. — Promptement? — A l'instant même. — Avant que mon malheur soit divulgué, et tandis que tout peut être encore assoupi? — Oui, oui, exactement... tout ce que vous voudrez. — Jurez-le donc.

Ici, Cécilia fit un pas en arrière; son effroi se dissipant un peu, la réflexion revenait. Sa répugnance à contracter un engagement sans savoir quelle en pouvait être l'importance, et en faveur d'un homme dont elle blâmait la conduite, dont elle détestait les principes, fit céder la crainte à l'indignation.

—Non, monsieur, dit-elle après une courte pause,

je ne veux pas jurer, ce qui ne m'empêchera point de faire tout ce qui sera en mon pouvoir et tout ce que mon amitié pour Priscil... — Écoutez-moi donc jurer! s'écria-t-il en l'interrompant avec fureur; oui, j'atteste le ciel et l'enfer que je ne survivrai pas à la saisie de mes effets, et que le moment où j'apprendrai qu'ils seront sous la main de la justice, sera le dernier de mon existence. — Quelle cruauté! quelle impiété! s'écria Cécilia; remettez-moi cet instrument de mort, et prescrivez-moi les conditions que vous voudrez.

Un bruit alors se fit entendre au bas de l'escalier. Cécilia, qui n'avait pas encore osé appeler du secours, de peur de précipiter le coup fatal, commençait à espérer, quand tout à coup, tressaillant de rage, il s'écria :

— Je crains qu'il ne soit trop tard! les scélérats ont déjà saisi ma maison! Et poussant Cécilia hors de la chambre : Allez joindre ma femme, lui cria-t-il, je veux être seul. — Oh! remettez-moi auparavant cette arme meurtrière, et je prêterai tel serment que vous exigerez. — Non, non... laissez-moi... s'écria-t-il, la trop grande émotion lui ôtant presque la respiration; il n'est plus temps de chercher à m'amuser. — Je ne vous amuse point! non, réellement, dit Cécilia en retenant son bras; essayez, mettez-moi à l'épreuve. — Jurez solennellement de délivrer la maison de ces créanciers dans ce même moment. — Je le jure, dit-elle avec énergie, et je prends le ciel à témoin de ma sincérité. — Je vois, je vois que vous êtes un ange! dit-il ravi en extase, et c'est en cette qualité que je vous admire, que je vous adore. Ah! vous m'avez rendu la vie, votre bonté céleste me tire de l'abîme! — Remettez-moi donc ce fatal instrument. —

Cet instrument n'est rien, répondit-il, puisqu'il m'en reste encore plusieurs; mais vous m'avez ôté l'envie d'en faire usage. Allez donc, et empêchez ces misérables de venir ici... Envoyez tout de suite chercher le juif... il vous avancera tout l'argent que vous voudrez; mon domestique sait où le trouver. Consultez M. Arnott; dites un mot consolant à Priscilla... Mais non, ne faites rien du tout avant d'avoir débarrassé ma maison de ces maudits coquins.

Cécilia, anéantie par cette scène, se retira sans répliquer. Elle allait gagner son appartement pour essayer de reprendre ses esprits, lorsqu'elle entendit un grand bruit au bas de l'escalier. Elle écouta, et quelques paroles effrayantes vinrent frapper son oreille. Comme elle se hâtait de descendre pour s'informer de la cause de cette rumeur, elle rencontra Davison, l'homme d'affaires de M. Harrel, qui lui dit qu'il allait trouver son maître, parce que les huissiers allaient arriver dans la maison.

— Si vous tenez à sa vie, gardez-vous bien de l'en instruire! s'écria-t-elle avec une nouvelle terreur; où est M. Arnott? dites-lui de venir me trouver... Priez-le de venir à l'instant... Je l'attends ici.

Davison courut exécuter son ordre, et Cécilia, pensant qu'il n'était plus temps ni de réfléchir ni de s'attrister sur le grave engagement qu'elle venait de prendre, et craignant que l'arrivée des huissiers ne fît retomber M. Harrel dans son désespoir, résolut d'employer tout ce qu'elle possédait de courage, de prudence et de jugement, pour sauver ce malheureux et rétablir ses affaires.

Dès que M. Arnott arriva, elle chargea Davison d'aller joindre son maître et de surveiller toutes ses actions.

Ensuite, s'adressant à M. Arnott :

— Voulez-vous bien, monsieur, lui dit-elle, aller trouver ces gens et les assurer que s'ils consentent à se retirer immédiatement, M. Harrel satisfera ses créanciers. — Ah! madame, eh! comment? Il ne lui reste aucun moyen de les payer; sur ses instances, mon infortunée sœur s'est déjà désistée de tous les avantages que lui assurait leur contrat de mariage, et je ne puis venir encore à son secours sans achever de me ruiner entièrement — Renvoyez-les seulement, reprit Cécilia, et je vous serai moi-même caution que votre promesse ne sera pas vaine. — Hélas! miss Beverley, qu'allez-vous faire? Malgré l'intérêt que je prends à M. Harrel et le chagrin que me cause la situation de la pauvre Priscilla, je ne saurais pourtant souffrir qu'on abuse de tant de générosité.

Cécilia, dont la résolution était inébranlable, insista de telle sorte qu'il fut contraint de lui obéir, non sans le regret le plus évident.

Tandis qu'elle attendait son retour, Davison vint lui dire que M. Harrel l'envoyait chercher promptement le juif, et il partit.

Cécilia joignit les mains, et ce beau vers d'*Elfrida* * lui revenant à l'esprit, elle s'écria en levant les yeux au ciel : Comment un homme aussi coupable osait-il se lancer dans l'éternité!

M. Arnott fut près d'une demi-heure sans revenir, et lorsqu'il reparut, son air soucieux n'annonça que trop le mauvais succès de son message.

— Les créanciers, dit-il, déclarent tous qu'après

* Tragédie de Mason.

avoir été si souvent trompés, ils ne consentiront point à renvoyer les huissiers et à se retirer eux-mêmes qu'ils n'aient été payés. — Dites-leur donc, monsieur, répondit Cécilia, qu'ils m'envoient leurs comptes, et que, s'il m'est possible, je les acquitterai sur-le-champ.

Les yeux de M. Arnott se remplirent de larmes. Il protesta qu'il aimait mieux donner jusqu'à son dernier schelling, que de souffrir une pareille injustice.

— Non, monsieur, dit Cécilia, qui montrait d'autant plus de courage qu'elle désirait moins l'attendrir. Je n'ai point sauvé M. Harrel pour consentir à la ruine d'un homme qui vaut beaucoup mieux que lui! Vous n'avez déjà que trop fait. Le mal présent me regarde, et j'espère qu'il ne s'étendra pas jusqu'à vous.

M. Arnott, accablé de douleur, d'admiration et de reconnaissance, ne pouvant plus longtemps retenir ses larmes, s'en fut en silence s'acquitter de ses ordres.

— Ah! miss Beverley! s'écria-t-il en rentrant, tous vos efforts, si considérables qu'ils soient, ne sauraient être d'aucune utilité. Les comptes qui sont dans la maison montent déjà à plus de sept mille livres.

Cécilia tressaillit.

— Que dois-je faire! s'écria-t-elle en joignant les mains; à quoi me suis-je engagée! et comment rendre compte à moi-même, à mes héritiers, de l'indigne emploi d'une si forte partie de ma fortune?

M. Arnott n'eut pas la force de lui répondre, et tous deux se regardaient en silence d'un air accablé, quand Davison vint les avertir que le juif était arrivé, attendant que miss Beverley voulût lui parler.

— Et que pourrai-je lui dire! s'écria-t-elle dans une agitation inexprimable, ces affaires d'usure me sont tout à fait étrangères. Comment dois-je m'y prendre avec lui?

M. Arnott insista de nouveau pour qu'elle le laissât remplir l'engagement qu'elle avait pris; mais elle repoussa ses instances avec une fermeté qu'il ne put vaincre. Elle ne pouvait se rappeler cependant les menaces qui lui avaient arraché sa promesse sans redoubler la répugnance qu'elle éprouvait à se dessaisir d'une somme aussi considérable en faveur d'un homme si peu digne d'un pareil sacrifice, et chacune de ses pensées augmentait ses regrets et son chagrin.

Davison revint lui dire que le juif était avec son maître et que tous deux l'attendaient avec impatience.

— Ah! monsieur Arnott, dit Cécilia pâle comme la mort, courez vite, je vous prie, chercher M. Monkton, amenez-le... Si quelqu'un peut me sauver, c'est bien certainement lui; si je retourne chez M. Harrel, je ne sais que trop que tout sera fini! — Je vais le chercher à l'instant, s'écria M. Arnott. — Non, non... arrêtez, lui cria Cécilia, il ne saurait plus me faire aucun bien... son conseil viendrait trop tard. Je ne saurais révoquer le serment que j'ai prononcé, quels que soient les moyens qu'on a employés pour me l'arracher, je ne peux le violer sans me rendre à jamais malheureuse.

Cette idée suffit pour la déterminer. D'un pas lent et forcé, elle prit le chemin du cabinet de M. Harrel, qui, impatienté d'un si long délai, vint à sa rencontre.

— Miss Beverley, dit-il, nous n'avons pas un moment à perdre. Cet honnête homme vous apportera tout l'argent que vous demanderez moyennant un intérêt convenable. Si vous différez encore à lui donner vos ordres, et que ces maudites canailles s'obstinent à rester chez moi, l'affaire s'ébruitera... et vous savez ce qui s'ensuivra, ajouta-t-il en baissant la voix; je ne chercherai point à vous effrayer de nouveau, en vous répétant ce que je vous ai déjà dit, dont je ne me départirai jamais.

Cécilia s'éloigna de lui avec horreur, et d'une voix bégayante, le cœur oppressé, elle pria M. Arnott d'arranger cette affaire avec le juif.

Quoique la somme fût très-considérable, miss Beverley approchait si fort de sa majorité, et il y avait si peu de risque à courir avec elle, que l'arrangement fut bientôt terminé. Le juif compta sept mille cinq cents livres; M. Harrel remit à Cécilia son obligation pour le remboursement; les créanciers furent satisfaits, les huissiers renvoyés, et la maison reprit bientôt son air de faste et d'opulence ordinaire.

Mistress Harrel, qui, pendant cette crise, s'était renfermée dans sa chambre, pleurant et se lamentant, s'empressa de joindre Cécilia. Dans sa joie et sa reconnaissance, elle la remercia à genoux d'avoir prévenu leur ruine totale. L'honnête M. Arnott ne savait s'il devait s'affliger ou se réjouir, et M. Harrel protesta qu'il ne se conduirait plus à l'avenir que sur les avis de miss Beverley.

Cette promesse, l'espoir d'un amendement, et la joie qu'elle avait répandue dans toute cette maison, ranimèrent un peu les esprits de Cécilia. Toutefois, ébranlée par tant d'émotions successives, elle ne tarda pas à les quitter pour se retirer dans son appartement.

Elle se trouvait maintenant cautionner M. Harrel pour près de neuf mille livres, sans savoir s'il serait jamais en état d'en payer la plus légère partie. N'ayant jamais estimé la richesse qu'en raison des moyens qu'elle lui donnait de faire de bonnes actions, elle se reprochait vivement cet emploi d'une aussi forte somme, et cela d'autant plus que le don avait été forcé, qu'elle méprisait celui qui l'avait reçu, et qu'enfin elle avait été libérale contre tous ses principes en soutenant le luxe et l'extravagance. Ah! se disait-elle, que cet argent eût été mieux employé pour secourir l'aimable miss Belfield et son frère, qu'un peu trop de fierté ne rend pas moins estimable, la laborieuse famille Hill, et tant d'autres infortunés qui sont bons et honnêtes! Faut-il que mon oncle n'ait pas mieux su en quelles mains il me confiait! faut-il que ma faible et malheureuse amie n'ait pas rencontré un plus digne protecteur!

Toutefois, dès que l'amertume de ses premières réflexions eut un peu diminué, elle s'occupa de se tracer un plan pour l'avenir. Le service signalé qu'elle venait de rendre lui donnait alors sur les deux époux un ascendant dont elle se proposa de se prévaloir, afin d'empêcher un nouveau malheur en les décidant à changer de conduite.

Pour donner plus de poids à ses avis, elle voulut avoir ceux de M. Monkton, et, résolue à lui dire tout ce qui s'était passé, elle le fit prier de venir chez elle le lendemain matin.

Le soir même de ce jour où elle venait de faire un si grand sacrifice, comme elle prenait le thé avec Priscilla et M. Harrel, celui-ci lui dit :

— Après ce que vous avez fait pour moi ce matin, miss Beverley, vous ne voudrez pas, je l'espère, me refuser une grâce que je vais vous demander pour ce soir. — Non, ajouta mistress Harrel, je suis sûre qu'elle ne nous la refusera pas, quand elle saura que notre réputation et notre repos en dépendent. — J'espère, répondit Cécilia, n'avoir pas de raisons de la refuser. — Ce n'est qu'une bagatelle, dit M. Harrel; il s'agit seulement de nous accompagner ce soir au Panthéon.

A cette proposition, Cécilia resta stupéfaite. Comment concevoir qu'un homme qui, dans la matinée, avait été sur le point de voir saisir tout ce qu'il possédait, qui, peu d'heures auparavant, allait, sans y être appelé, paraître devant Dieu, pût dès le soir même, quand l'instrument de mort était à peine échappé de sa main, avoir le désir de participer à des amusements publics? Elle en fut tellement indignée, que, sans chercher à déguiser son mécontentement, après quelques moments de silence, elle refusa froidement de faire ce qu'il demandait.

— Je vois, dit M. Harrel un peu confus, que vous ne comprenez pas les motifs qui me portent à vous faire cette prière. Il est très-vraisemblable que le bruit de la malheureuse aventure de ce matin est maintenant répandu dans la ville. La seule manière de le contredire est de nous montrer en public avant qu'on y ait ajouté foi. — Venez, ma chère amie, s'écria mistress Harrel; obligez-moi par cette complaisance. J'ai promis hier soir à mistress Mears d'y aller aujourd'hui avec elle, et si je lui manque de parole, tout le monde en devinera la raison. — Au moins, dit Cécilia, ma compagnie ne saurait vous être d'aucune utilité; ne me pressez donc pas, je vous prie, je suis très-mal disposée pour un divertissement de cette nature, et je ne pense pas comme vous qu'il soit nécessaire. — Mais si nous n'allons pas tous, reprit M. Harrel, c'est à peu près comme si nous ne faisions rien : on sait que vous demeurez chez nous, et votre présence dans cette conjoncture critique importe beaucoup à notre crédit. Si notre aventure devient publique, il en arrivera que chaque malotru d'ouvrier à qui je pense devoir un schelling, formera un complot semblable à celui de ce matin, pour venir tous en masse me demander de l'argent; et si je ne leur en donne pas, ils obtiendront sentence et saisiront ensuite chez moi. Le seul moyen de ne pas leur donner l'éveil est de faire bonne contenance et de nous conduire comme s'il ne nous était rien arrivé. Ne refusez donc pas de nous accorder ce soir votre compagnie; elle nous est réellement très-importante. Sans cela, il y a dix à parier contre un qu'au bout de quinze jours je me trouverais dans le même embarras.

Cécilia, désolée d'apprendre qu'il eût encore des dettes considérables, ne put l'entendre parler d'exécution sans frémir. Épouvantée, elle se rendit à leurs sollicitations et consentit à les accompagner.

Ils se séparèrent pour s'habiller; puis ayant passé chez mistress Mears pour la prendre, ils se rendirent ensemble au Panthéon.

—

Un homme à la mode.

Ils furent joints à la porte du Panthéon par M. Arnott et sir Robert, et comme ils entraient dans la grande salle, la seconde partie du concert commençait.

A l'exception de Cécilia, personne dans cette foule n'avait envie d'entendre la musique, en sorte que les femmes causaient tout haut, sans écouter l'orchestre, dont les hommes ne s'occupaient pas davantage.

Dès que mistress Harrel et ses deux compagnes eurent trouvé des siéges, M. Meadows, s'avançant en dandinant, dit quelques mots à l'oreille de mistress Mears, qui, se levant immédiatement, la présenta à Cécilia. Cette formalité remplie, M. Meadows, voyant près d'elle une place vacante, s'en empara, prit ses aises, et s'étendant autant que l'espace pouvait le lui permettre, il établit une espèce de conversation.

— Y a-t-il longtemps, madame, que vous êtes à Londres? — Non, monsieur. — Est-ce le premier hiver que vous y passez? — Oui, monsieur, c'est le premier. — En ce cas vous avez bien des choses à voir. Ah! que cela est charmant! que je vous envie! êtes-vous satisfaite du Panthéon? — Beaucoup. Je n'ai encore rien vu d'aussi beau que ce bâtiment. — Vous n'avez pas visité les pays étrangers. Les voyages sont l'écueil du bonheur; on ne saurait regarder aucun des bâtiments de notre île, quand on a vu ceux de l'Italie. — Le bonheur consisterait-il donc à voir des bâtiments, dit Cécilia; et se tournant de son côté, elle remarqua qu'il bâillait et avait l'air de ne faire aucune attention à ses réponses; de sorte que pour ne point troubler ses méditations, elle porta ses regards ailleurs.

Il parut pendant quelques minutes ne point s'en apercevoir; puis tout d'un coup sortant de sa rêverie: — Je vous demande pardon, madame, il me semble que vous me disiez quelque chose? — Non, monsieur, rien qui vaille la peine d'être répété. — Oh! ce serait trop me punir que de me le laisser ignorer.

Cécilia, uniquement pour ne point paraître piquée, commençait à lui répéter sa réponse, quand, le regardant, elle le vit qui se mordait les ongles d'un air si distrait, qu'il ne semblait pas du tout se rappeler qu'il lui eût fait une demande. Elle s'arrêta, et le livra entièrement à lui-même.

Au bout de quelques instants, il reprit la parole.

— Ne trouvez-vous pas ce lieu-ci fort ennuyeux, madame? lui dit-il. — Oui, monsieur, lui répondit-elle, riant à demi, il n'est réellement pas fort amusant. — Rien n'est amusant plus de deux minutes de suite; les choses sont si ressemblantes les unes aux autres qu'il est impossible que rien fasse plaisir. Rien de neuf, nulle variété. Aimez-vous les assemblées publiques, madame? — Oui, monsieur, *sobrement*, comme dit lady Grace. — Je vous envie extrêmement; car il vous est toujours facile de vous procurer de l'amusement. Que cela est heureux! — Et n'avez-vous pas les mêmes ressources? — Oh! non! je suis ennuyé à la mort. Je donnerais l'univers entier pour n'être pas si difficile à amuser. Après tout, qu'existe-t-il ici-bas qui soit capable de donner du plaisir quand on a un peu vu le monde?

Ce discours se termina par un si long bâillement, que Cécilia ne se donna pas la peine d'y répondre, et M. Meadows ne fit pas plus attention à son silence qu'il n'en aurait fait à ce qu'elle pouvait dire.

Il s'en suivit une longue pause, jusqu'au moment où il s'agita sur son siége en disant :

— Ces formes seraient bien plus commodes si elles avaient des dossiers. Rien de .plus insupportable que de se trouver assis comme les enfants le sont à l'école. La première étude de la vie doit être de se mettre à son aise : ne le pensez-vous pas, madame?

— Mais cette étude, dit Cécilia, exige tant de soins qu'elle devient une espèce de travail. — Je suis enchanté que ce soit votre avis. — Monsieur! — Je vous demande pardon, madame, mais il me semble que vous disiez... Excusez-moi; je pensais à toute autre chose. — Vous faisiez très-bien, monsieur, repartit Cécilia en riant; car ce que je disais ne méritait pas d'être relevé. — Voudriez-vous me faire la grâce de le répéter? dit-il en tirant sa lorgnette pour examiner des femmes un peu éloignées de lui.

— Ces lorgnettes ne font voir que des choses désagréables; je voudrais qu'on ne les eût jamais inventées. Elles sont l'écueil de toutes les beautés; il n'y a point de visage qui puisse en soutenir l'examen. Je crois que ce solo ne finira jamais! Je hais les solos; ils me font cruellement souffrir, ils m'anéantissent.

Cécilia, regardant alors le programme:

— Vous allez tout à l'heure, dit-elle, avoir un quatuor. — Un quatuor! oh! cela ne saurait s'endurer! Un quatuor m'étourdit, me fatigue; point de goût, point d'expression, rien enfin qui puisse exciter la moindre sensation. — Peut-être n'aimez-vous que la musique vocale? — Encore bien moins; nous sommes si pauvres en voix! ni timbre, ni éclat; quand j'écoute aujourd'hui nos chanteurs, je crois être devenu sourd.

Cécilia, qui allait lui répondre et lui citer Pacherotti, se tourna vers lui : il regardait de l'autre côté, et paraissait absorbé dans la contemplation d'une statue qui représentait la Grande-Bretagne. Un instant après, il se leva d'un air empressé, et s'en alla brusquement, comme s'il eût parfaitement oublié qu'il venait de s'entretenir avec elle.

M. Gosport, qui s'était avancé vers Cécilia, et qui avait observé une partie de cette scène, l'arrêta :

— Comment donc, Meadows, lui dit-il, cela est étonnant; vous seriez-vous enfin laissé prendre? — Oh! épuisé à mourir... épuisé à n'en pouvoir plus! s'écria-t-il en bâillant, je viens de parler à une jeune personne pour l'amuser. Quelle tâche! je ne voudrais pas pour plusieurs millions m'en charger une seconde fois. — Comment! auriez-vous parlé au point d'en perdre la respiration? — Non; mais l'effort, l'effort! Oh! je ne m'en remettrai pas de quinze jours.... Amuser une jeune personne!... j'aimerais autant être aux galères. — Mais ne vous a-t-elle pas récompensé de vos peines? c'est une charmante créature. — On ne saurait jamais payer une fatigue aussi pénible. Elle n'est pourtant pas mal... mieux que tout ce qu'on rencontre ordinairement.... mais réservée, trop réservée; on ne peut la faire s'expliquer. — J'aurais cru que c'était précisément ce qu'il vous fallait et que vous haïssiez le trop de volubilité. Je vous ai entendu vous lamenter sur les attaques de miss Larolles. — Larolles! oh confusion! son babil éternel suffit pour me donner la fièvre. Tout dans la vie est ainsi distribué, on ne voit que des extrêmes. Parmi les femmes, les unes sont coquettes, les autres trop réservées... Toujours quelque chose à dire, rien de parfait! — Eh bien, dit M. Gosport, vous ne connaissez pas encore miss Beverley; je vous jure que je la crois sans défauts. — Il vaut donc mieux ne point la connaître, répondit M. Meadows en bâillant de nouveau; car je ne sais rien d'aussi ennuyeux que la perfection.

Cela dit, il quitta M. Gosport, qui s'approcha de Cécilia.

— Il y a une demi-heure que je me préparais à vous aborder, lui dit-il; mais comme vous étiez en conversation avec M. Meadows, je ne l'ai pas osé. — Ah! je vois votre malice, repartit Cécilia, vous avez voulu me faire comparer votre entretien à celui que je viens d'avoir. — Si vous n'admirez pas monsieur Meadows, s'écria M. Gosport, gardez-vous bien de le dire tout haut. — Est-il donc si fort admirable? — Oh! comme homme à la mode, il est arrivé au faîte; on imite ses manières, ses habits servent de modèles; on brigue ses attentions, et l'on envie ceux qu'il honore de quelques paroles. — Parlez-vous sérieusement? — Sans doute, et ses prérogatives s'étendent bien plus loin encore; il appartient de fixer la limite exacte de ce qui doit être considéré comme vulgaire ou comme élégant; enfin, il confère des réputations, car d'un mot il peut vous mettre à la mode. — Et par quelle singulière magie a-t-il acquis tous ces priviléges? — Il ne lui a fallu que l'art de saisir la manie du jour et de la porter à l'excès. S'apercevant que les façons, les compliments avaient fait place à l'aisance et à la familiarité, il est allé jusqu'à la négligence et l'impolitesse. Les soins, les égards que l'on doit aux femmes, il s'en dispense par la grossièreté. S'il se trouve dans un appartement où il y ait beaucoup de monde et peu de siéges, il a soin de s'emparer du meilleur fauteuil et de s'y étendre sans faire attention à ceux qui manifestent le besoin de s'asseoir. Lagaieté lui est tout à fait étrangère, il n'est susceptible d'éprouver que le dégoût et l'ennui, car un homme à la mode doit toujours être insipide, distrait et surtout égoïste. — Aimables qualités! dit Cécilia. M. Meadows, je l'avoue, semble les avoir toutes. — Il ne faut jamais, continua M. Gosport, qu'il confesse avoir pris plaisir à quelque chose dans ce monde; une apathie absolue étant la base de son caractère, il ne peut en aucun cas soutenir une conversation avec vivacité, dans la peur de paraître y prendre intérêt. En un mot, il doit se montrer sans cesse comme excédé de l'existence et plongé dans les méditations qui l'absorbent. — Voilà, dit Cécilia, un caractère charmant! et depuis quand, je vous prie, ces perfections ont-elles constitué l'homme de bon ton? — Je suis très-peu au fait de la date des modes, répondit M. Gosport; ce que je sais, c'est que cette dernière a duré assez longtemps pour qu'on puisse se flatter qu'une nouvelle sottise ne retardera pas à régner à son tour; alors seulement la secte des *insensibles* disparaîtra; M. Meadows en est présentement le chef comme miss Larolles l'est de celles de *la volubilité;* mais en voici une de toute autre origine qui aspire au même honneur et tend au même but, quoique par une route différente : l'ambition de ce fade personnage est d'exciter l'admiration par la singularité de son langage.

Ces derniers renseignements concernaient le capitaine Aresby, qui, s'approchant de Cécilia, lui dit qu'il avait été *réduit au désespoir* en se voyant si longtemps privé du *ravissement* de la voir, et qu'il avait craint qu'elle ne se fût fait *un principe* de ne plus se montrer en public. Puis, souriant d'un air très-satisfait de lui, il se hâta d'aller aborder une autre femme.

— Dites-moi, s'il vous plaît, demanda Cécilia à M. Gosport, quelle est la secte de celui-ci? — Celle des jargonistes. Il borne ses désirs à débiter en passant une phrase composée de quelques mots bizarres et le plus souvent déplacés, dont l'arrangement lui coûte encore beaucoup de réflexion et de peine. — Le pauvre homme! s'écria Cécilia, est-il possible qu'il lui en coûte pour se rendre si complétement ridicule? — Sans doute. Un jargoniste est assujetti à la contrainte de ne parler jamais que d'après son vocabulaire, qui est très-borné. A la vérité, ce travail n'est rien, comparé à celui d'un insensible, car Meadows ne peut jamais ni témoigner de satisfaction, ni se montrer de bonne humeur. — Ceci opérera sans doute sa guérison. — Non; l'habitude devient une seconde nature. D'ailleurs, la conviction secrète de sa haute réputation lui rend tout supportable. Mais, je vous prie, ne voyez-vous pas ce monsieur, ou ne vous souciez-vous pas de le reconnaître? Il y a près d'une demi-heure qu'il vous salue.

Cécilia, regardant autour d'elle, aperçut M. Morrice, qui, dès qu'elle lui eut rendu son salut, s'approcha tout de suite, quoiqu'il n'eût pas osé reparaître chez M. Harrel depuis le triste accident qui lui était arrivé le soir du bal.

Mettant absolument de côté la familiarité qu'il affectait d'ordinaire, il s'enquit de l'air le plus respectueux de l'état de sa santé, et, après lui avoir fait une profonde révérence, il se préparait à la quitter, lorsque mistress Harrel l'ayant reconnu, lui sourit si gracieusement qu'il reprit courage, fut à elle, lui adressa la parole, et la trouva, à sa grande satisfaction, aussi polie et aussi obligeante qu'elle l'avait toujours été pour lui.

Le concert venait de finir. Les dames se levèrent, et les hommes vinrent les joindre. Morrice voulut encore se retirer à la vue de M. Harrel; mais celui-ci, lui tendant la main, lui demanda pourquoi il était resté aussi longtemps sans venir chez lui. Morrice, convaincu alors qu'il était le seul qui se souvînt du désordre qu'il avait causé, se défit avec plaisir de sa timidité, et redevint aussi sémillant que jamais.

On proposa de gagner la salle où l'on prend le thé, et comme on s'y rendait, Cécilia, en levant les yeux pour considérer le bâtiment, aperçut dans une des galeries le jeune Delvile. Il la reconnut aussitôt, et se hâta de se rendre près d'elle.

La présence de celui qu'elle s'était promis de bannir de sa pensée, suffit pour ébranler les sages résolutions de Cécilia. Elle s'en voulait du trouble qu'elle éprouvait, elle se reprochait de le trouver encore si aimable; et, dans l'espèce de dépit que lui causait sa faiblesse, elle le reçut plus froidement que de coutume.

Mortimer, au contraire, n'avait jamais semblé plus heureux. En l'approchant, la joie brillait dans ses yeux; et, charmé de la revoir, tout exprimait en lui le plaisir le plus vif et le moins déguisé.

Après lui avoir parlé du vide que son absence laissait dans leur maison, lui avoir peint les regrets de sa mère et les siens, il la pria de vouloir bien le présenter à M. Harrel : comme fils d'un de vos tuteurs, ajouta-t-il, il me semble que j'ai une espèce de droit à ce rapprochement.

Cécilia sentant que cette liaison donnerait au jeune Delvile les moyens de la voir souvent, aurait bien voulu se persuader qu'en le présentant elle cédait à une nécessité. Quoi qu'il en fût, comme elle ne pouvait refuser, elle fit la cérémonie d'usage auprès de M. et de mistress Harrel.

Tous deux furent extrêmement flattés des avances d'un jeune homme que son rang plaçait fort au-dessus d'eux. Ils lui témoignèrent aussitôt combien ils seraient charmés qu'il voulût leur faire l'honneur de prendre le thé avec eux, ce que Mortimer accepta avec empressement.

— N'ai-je pas bien pris mon temps pour faire connaissance et vous prier de me présenter? dit-il à Cécilia, dès qu'il fut revenu près d'elle; mais quoique vous ayez daigné me faire cette grâce à l'égard de M. et de mistress Harrel, je n'oserais cependant encore me hasarder à vous demander de l'étendre jusqu'à un certain baronnet, le plus heureux mortel qui soit ici. Et il attacha ses regards sur sir Robert. — Non, monsieur, dit vivement Cécilia, ni à présent, ni jamais.

Morrice se chargea de leur procurer une table pour le thé, ce qui n'était pas très-facile, le salle étant extrêmement pleine. Pendant qu'ils attendaient le succès de ses soins, miss Larolles, apercevant Cécilia, courut à elle, et lui prenant la main :

— Juste ciel! ma chère amie, s'écria-t-elle, qui aurait pensé à vous rencontrer ici? De ma vie je n'ai été plus surprise : je croyais en vérité que vous étiez au couvent; il y a si longtemps que je ne vous ai vue! Mais ce qui me paraît la chose du monde la plus singulière, c'est que vous n'ayez pas paru à la dernière assemblée de lady Nyland. J'ai pensé cinquante fois demander à mistress Harrel pourquoi vous n'y étiez pas, mais cela m'est toujours sorti de l'esprit. Vous ne sauriez imaginer la peine que cela m'a faite. —Vous êtes bien obligeante, dit Cécilia en riant; j'espère que cette peine ne vous a pas empêchée de vous amuser. — Oh! non; je n'ai de ma vie été si heureuse. Il y avait une si prodigieuse foule; à peine pouvait-on se mouvoir, tout l'univers était là. Vous n'imaginez pas combien cela était délicieux. J'ai craint plusieurs fois que la grande chaleur ne me fît évanouir. Nous avons dansé jusqu'à trois heures du matin, les contredanses françaises d'abord, les anglaises à la fin : c'était bien le plus beau bal que l'on puisse voir. J'étais si horriblement fatiguée, que j'ai eu bien de la peine à me traîner jusqu'à la dernière danse. J'ai réellement cru que je tomberais d'épuisement. Pensez ce que c'est que de danser cinq heures de suite avec une si terrible foule. —. Pour quelle raison, dit le jeune Delvile à Cécilia, participez-vous si rarement à ces plaisirs? — C'est que je crains bien, répondit Cécilia, d'être entrée trop tard dans le beau monde, pour profiter de ses leçons. — Savez-vous, reprit miss Larolles, que M. Meadows ne m'a pas adressé une seule fois la parole de toute la soirée, quoique je sois bien sûre qu'il m'a vue, car je m'étais placée à la porte, afin de pouvoir m'entretenir avec quelques personnes de ma connaissance. Si on se place dans l'intérieur, il est impossible, comme vous savez, de parler à qui que ce soit; aussi c'est ce que je ne fais jamais, ni à l'Opéra, ni dans les loges de Ranelagh, ni nulle part. La chose du monde la plus révoltante qu'on ait encore imaginée est de s'asseoir dans le milieu; autant vaudrait ne pas sortir de chez soi; on ne peut parler à âme qui vive. — A ce qu'il paraît cependant, il ne vous a pas mieux réussi de rester dehors. — Oh! pardonnez-moi, j'ai pu causer avec plusieurs personnes de ma connaissance qui passaient. Vous savez bien que lorsqu'on vous trouve là, on ne peut se dispenser de vous dire un mot, quoique les hommes, je vous assure, soient si singuliers, qu'il leur est égal de vous parler ou de ne vous rien dire. Quant à M. Meadows, il vous ferait mourir. J'imagine qu'il est à présent dans un de ses accès de distraction. Il devient chaque jour plus insupportable. Vous ne sauriez croire combien je le hais. — J'aurais en effet quelque peine à me le persuader, dit en souriant Cécilia.

M. Morrice revint alors dire qu'il s'était assuré de tout un côté de la table, qui suffirait pour les dames, et que l'autre étant occupé par un monsieur seul qui ne prenait point de thé, il se retirerait sans doute, quand il verrait arriver la compagnie, pour lui faire place.

Miss Larolles courut rejoindre sa coterie, et le reste suivit M. Morrice. Mistress Harrel, mistress Mears et Cécilia s'assirent; mais la personne assise vis-à-vis d'elle était M. Meadows, qui, bien loin de céder sa place, s'étendit de manière que, reposant un de ses bras sur la table, il occupait un espace qui aurait suffi pour trois.

M. Harrel était allé joindre une autre partie. Delvile, pendant quelques minutes, se tint à l'écart, dans l'attente que sir Robert viendrait se placer derrière Cécilia; mais le baronnet n'abaissait point sa dignité jusque-là, et quoiqu'il voulût bien publier ses prétentions, il dédaignait de témoigner la moindre assiduité. Ne voyant donc point de siége pour lui, il alla joindre quelques personnes de sa connaissance à l'autre bout de la salle. Delvile alors se saisit du poste vacant, et M. Arnott se tint modestement à côté de lui Cécilia prit soin que M. Gosport pût se placer près d'elle. Pour Morrice, il fut très-heureux qu'on lui permît d'appeler les garçons, d'examiner ce qu'ils apportaient, et de servir toute la compagnie.

Cécilia fut chargée du soin de faire le thé; mais comme elle était un peu trop pressée par ses voisins, mistress Mears dit en s'adressant à M. Meadows :

— Je vous prie, monsieur, ayez la bonté de vous reculer un peu pour faire place à l'une de nous.

M. Meadows, négligemment occupé à se nettoyer les dents, à les examiner dans le miroir de sa boîte, ne parut pas d'abord l'entendre; et lorsqu'elle répéta sa demande, il se contenta de la regarder en disant :

— Eh bien! quoi? — En vérité, M. Meadows, reprit-elle, lorsque vous voyez des femmes dans l'embarras, je ne comprends pas comment vous pouvez refuser de les en retirer. — Dans l'embarras? dit-il avec un sourire niais; de quoi s'agit-il, je vous prie? — Ne le voyez-vous pas? nous sommes si pressées qu'à peine pouvons-nous nous asseoir. — Vous ne le pouvez pas! s'écria-t-il; en vérité, il est bien honteux que ces gens n'inventent pas des siéges plus commodes. — Oui, vous avez raison, répliqua mistress Mears; mais si vous aviez la complaisance de permettre qu'une de nous se mît à côté de vous, nous nous passerions de cette invention.

Ici M. Meadows fut pris d'un violent accès de bâillement, qui amusa autant Cécilia et M. Gosport qu'il déplut à mistress Mears, laquelle ajouta d'un air très-piqué :

— En vérité, monsieur Meadows, il est bien extraordinaire que vous ne vouliez jamais faire attention à ce qu'on vous dit. — Je vous demande pardon; vous me parliez, je crois? Et il recommença à se nettoyer les dents.

Morrice, voulant faire briller sa politesse par le contraste, courut se placer du côté de M. Meadows.

— Permettez que je vous aide, miss Beverley, dit-il, je fais le thé aussi bien que qui que ce soit.

En parlant ainsi, il s'appuya sur la partie du banc occupée par un des pieds de M. Meadows, qui le retira tout à coup. Ce mouvement fit pencher Morrice plus avant qu'il ne voulait, de façon qu'il renversa la bouilloire, et toute l'eau coula du côté de Cécilia.

Avant qu'on n'eût rien vu, Delvile avait saisi Cécilia et l'avait poussée en arrière, en se plaçant devant elle pour la préserver.

Mistress Mears et mistress Harrel se hâtèrent de quitter leurs places. M. Gosport et M. Arnott éloignèrent aussitôt la table et coururent vers Cécilia, qui n'était que très-légèrement atteinte, et n'éprouvait que de la surprise, mêlée d'une très-vive satisfaction.

Quoique Mortimer se trouvât martyr de son zèle, puisque l'eau bouillante avait pénétré à travers son habit jusqu'à son épaule et à son bras, il ne s'en aperçut pas d'abord. Uniquement occupé de miss Beverley, ses questions empressées, ses regards inquiets et le son de sa voix trahissaient une si grande émotion et un intérêt si tendre, que Cécilia bénissait en secret le danger qu'elle avait couru. Toutefois, dès qu'il fut pleinement rassuré sur elle, les douleurs qu'il ressentit devinrent si vives qu'il ne put rester davantage, attribuant son départ au besoin de changer d'habit : Il faut convenir, dit-il en riant, qu'il est très-peu chevaleresque de quitter le champ de bataille pour une veste mouillée ! J'espère que vous voudrez bien imaginer que je vole à Ranelagh. Et il se hâta de gagner son carrosse.

Morrice, effrayé, confondu de ce nouvel accident causé par sa maladresse, partit après lui, ou plutôt s'évada, tandis que M. Meadows, sans faire la moindre attention au désordre et à la confusion qui l'entouraient, continua tranquillement de se nettoyer les dents, d'un air à faire douter qu'il se fût aperçu de rien.

Le calme ayant été bientôt rétabli, ces dames achevèrent de prendre le thé; après quoi mistress Harrel fit demander son carrosse, à la grande satisfaction de Cécilia, qui n'avait d'autre désir que celui de se trouver seule.

Dès qu'elle fut rentrée dans sa chambre, elle retraça délicieusement à son esprit tout ce qui s'était passé dans la soirée. D'abord, il était bien évident que Delvile n'avait pas cessé de croire qu'il existât des engagements entre elle et sir Robert; mais comme rien ne lui était plus facile que de dissiper cette erreur, elle n'arrêta pas longtemps sa pensée sur ce sujet; mais son empressement à la tirer du danger en s'y exposant lui-même, son inquiétude et sa vive émotion, tout cela dépassait de beaucoup les règles du savoir-vivre et les marques d'un intérêt ordinaire, et tout cela la faisait croire à un penchant réciproque, à une inclination mutuelle.

Cete idée ne tarda point à affaiblir toutes ses résolutions. L'orgueil de M. Delvile ne lui parut plus aussi révoltant, les conseils de M. Monkton perdirent de leur influence, et elle entrevit de nouveau le bonheur, auquel elle avait cru devoir renoncer sans retour.

Les reproches.

La douce préoccupation de Cécilia ne l'empêcha point de songer à l'état des affaires de la famille Harrel dès le lendemain de ce jour si plein d'événements de toutes sortes; désirant avoir les avis de M. Monkton pour diriger sa conduite, elle lui écrivait et le priait de venir la voir, lorsqu'il arriva beaucoup plus tôt qu'il ne faisait de coutume.

— Je vous apporte des nouvelles, miss Beverley, dit-il en entrant, et quoique je sache d'avance qu'elles vous affligeront, il faut absolument que vous en soyez instruite sans retard, afin qu'on ne vous entraîne point, par des motifs louables, dans des démarches dont vous vous repentiriez toute votre vie.

— Qu'est-ce donc? dit Cécilia fort alarmée. — Une

chose dont j'étais certain depuis longtemps, et qui vient de m'être confirmée d'une manière positive. M. Harrel est totalement ruiné. Il ne lui reste plus un sou, et ses dettes surpassent tout ce qu'il a jamais possédé.

Cécilia ne lui répondit rien; elle ne connaissait malheureusement que trop le misérable état des affaires de son tuteur, cependant elle n'avait pas cru possible qu'il dût plus qu'il n'avait.

— Ces informations, continua-t-il, me viennent de gens très au fait et qui ne voudraient pas me tromper; je me hâte de vous avertir, pour qu'une générosité déplacée ne vous entraîne point jusqu'à nuire à votre fortune en faveur d'un homme que tout ce que vous pourriez faire ne sauverait pas. — Vous êtes bien obligeant, dit Cécilia, mais le malheur veut que votre conseil arrive trop tard.

Alors elle lui raconta en peu de mots ce qui s'était passé, et lui fit connaître la somme considérable qu'on avait obtenue d'elle.

Il l'écouta avec autant d'étonnement que de fureur, et après avoir déclamé amèrement contre Harrel :

— Pourquoi, dit-il, avant de signer, ne m'avoir pas fait appeler? — Je le voulais, répondit Cécilia; mais le moment où vous auriez pu m'être utile, je l'ai cru passé; j'avais donné ma parole, je l'avais confirmée par un serment solennel, le premier serment que j'eusse fait de ma vie. — Un serment extorqué de cette manière ne pouvait vous engager; on vous en imposait sous tous les rapports, et pardonnez si j'ajoute que vous êtes très-blâmable : vous vous êtes mise dans l'impossibilité d'assister des personnes estimables, et cela pour fournir à M. Harrel les moyens de continuer ses folles dépenses. — Mais comment, s'écria Cécilia vraiment touchée de ce reproche, comment pouvais-je faire autrement? pouvais-je voir un homme au désespoir m'annoncer sa destruction, dont il tenait déjà l'instrument dans sa main, et me rendre l'arbitre de sa vie ou de sa mort, sans le tirer de l'abîme creusé sous ses pas? Pouvais-je lui refuser une somme qu'après tout je suis fort en état de perdre, et souffrir qu'un de mes semblables, implorant ma pitié, termine ses jours par une action plus atroce que toutes celles qu'il a pu commettre?... Non, je ne saurais me repentir de ce que j'ai fait; tout ce que je regrette, c'est que M. Harrel mérite si peu un pareil sacrifice. — Vos excuses, dit M. Monkton, prouvent toute votre bonté, dont on a abusé en vous rendant victime du plus grossier artifice. M. Harrel n'avait aucune envie de se tuer. Ce n'était qu'une infâme ruse à laquelle, si votre générosité ne lui avait été connue, il n'aurait certainement pas eu recours. — Je ne saurais le croire aussi coupable, répliqua Cécilia, et, pour tout au monde, je ne voudrais pas, sur un pareil soupçon, m'être exposée aux remords dont je serais tourmentée, si, sur mon refus, il eût attenté à sa vie. — On ne peut s'empêcher de respecter vos scrupules, quelque peu fondés qu'ils soient; mais l'homme qui a pu jouer un rôle aussi méprisable, qui a pu voler, en l'épouvantant, une jeune personne dont il est le tuteur et qui demeure chez lui, ne saurait être qu'un scélérat, capable des plus grandes bassesses et familiarisé avec le crime.

Alors M. Monkton lui déclara qu'il ne pourrait se dispenser d'informer les deux autres tuteurs de ce qui venait de se passer, puisque leur devoir exigeait qu'ils cherchassent les moyens d'y apporter quelque remède.

Cécilia n'eut cependant pas beaucoup de peine à le détourner de ce projet, non qu'il se rendît aux objections fondées sur ce qu'elle se devait à elle-même, à son honneur et à sa délicatesse, raisons qui lui semblaient des absurdités; mais la crainte de paraître prendre plus d'intérêt aux affaires de la jeune héritière qu'il ne le devait naturellement, le fit céder.

— D'ailleurs, ajouta Cécilia, comme il m'a remis son obligation pour l'argent que je lui ai prêté, je n'ai encore aucun droit de me plaindre; je ne le pourrais que dans le cas où, après avoir touché ses rentes, il refuserait de me rembourser. — Une obligation! ses rentes! s'écria M. Monkton; que signifie l'obligation d'un homme qui ne possède pas une guinée? Ses rentes! tout sera vendu chez lui avant qu'elles soient échues, et sa liquidation ne lui laissera rien au monde, car il ne lui reste ni une terre ni une maison qui ne soient hypothéquées. — Eh bien! s'il en est ainsi, reprit Cécilia, tout est fini, et il ne reste plus qu'à oublier que j'ai été plus riche. — Cette philosophie est bien celle d'une jeune fille, répondit M. Monkton; mais elle ne diminuera pas vos regrets lorsque vous connaîtrez mieux la valeur de l'argent. — Plus mon expérience m'aura coûté cher, repartit Cécilia, plus elle me sera profitable. Puisque de mon côté la perte est irréparable, permettez au moins que je cherche à la rendre utile à M. Harrel, en le pressant d'adopter un plan de réforme, tandis que les événements de la veille sont encore présents à son esprit, et que e fasse mes efforts... — Non, non! s'écria M. Monkton, qui n'eut pas la patience de l'écouter jusqu'au bout, c'est un misérable qui mérite d'éprouver toute l'horreur de la situation dans laquelle il s'est plongé; ce qu'il y a de pressant, c'est de vous tenir en garde contre ses ruses, autrement vous courrez risque de vous trouver entraînée dans sa ruine. Il sait à présent comment il doit s'y prendre pour vous épouvanter, il ne manquera pas de se prévaloir de cette connaissance. — Non, monsieur, répondit Cécilia; je ne saurais me repentir de ne m'être pas hasardée hier à braver ses menaces; mais la satisfaction que me donne ce que j'ai fait pour lui est trop légère pour que j'y revienne jamais. — Vous auriez tort de compter sur votre courage, il sera trop faible et votre générosité trop forte. Le seul moyen de vous mettre en sûreté c'est de quitter sans perte de temps cette maison; si vous restez chez M. Harrel, vous devenez en quelque sorte responsable des nouvelles dettes qu'il pourra contracter, car il sait que pour se tirer de tout il suffira qu'il vous montre une épée ou un pistolet. — Si c'est là votre avis, dit Cécilia en baissant les yeux, j'imagine que je n'ai d'autre parti à prendre que de retourner chez M. Delvile.

Tel n'était point le dessein de M. Monkton qui pensait que Cécilia courrait autant de risques pour sa personne dans la maison de ce tuteur qu'elle pouvait en courir pour sa fortune chez M. Harrel; en conséquence il hasarda de lui proposer d'aller demeurer chez M. Briggs, se flattant qu'elle ne verrait là personne qu'elle pût lui comparer, ainsi qu'il en avait été en province; mais l'éloignement de Cécilia pour une pareille demeure se montra trop ouvertement pour qu'il pût espérer de le surmonter.

— Je ne vous offre pas la ressource de M. Briggs comme une chose bien agréable, lui dit-il, après avoir écouté ses objections, mais simplement comme plus convenable; si vous alliez présentement vous loger chez M. Delvile, vous donneriez lieu au public de former des jugements défavorables. — Des jugements défavorables, monsieur! et pourquoi? — Parce qu'il a un fils et qu'on imaginerait que ce jeune homme est la cause de votre changement de domicile. Fournir un prétexte à de pareils soupçons, ce serait manquer de prudence et démentir la conduite que vous avez tenue jusqu'ici.

Cécilia fut confondue par ce raisonnement : elle en sentit toute la justesse, et n'osa nier que ce serait s'exposer à la censure du public.

M. Monkton ne la quitta pas sans l'exhorter de nouveau à se défier des artifices de M. Harrel, qu'il prévoyait devoir être innombrables; il lui dit aussi qu'à l'égard de sir Robert, il lui conseillait plutôt de laisser tomber d'eux-mêmes les bruits de ses engagements avec lui, que de lui faire parler, ce qui pourrait faire croire qu'elle avait été indécise jusqu'alors.

Le véritable motif de ce conseil était que le baronnet n'étant point un rival dangereux, ses prétentions, généralement connues, éloignaient tous les autres prétendants, le jeune Delvile en tête.

Le but que s'était proposé Cécilia en désirant cet entretien se trouvait complétement manqué, puisque M. Monkton ne voulait s'occuper des affaires de M. Harrel que pour fulminer contre lui. Plus indulgente, Cécilia ne voulut pas renoncer à l'espoir d'une réforme qu'elle désirait si ardemment, et ne connaissant plus personne à qui elle pût demander conseil, elle se décida à s'appuyer au moins de M. Arnott, dont la tendresse pour sa sœur lui promettait du zèle à défaut d'expérience.

Il n'y avait pas un instant à perdre, car, le danger une fois passé, les craintes se dissipaient, les choses continuaient leur train ordinaire, et l'on ne diminuait point la dépense.

Cécilia eut bientôt occasion de faire partager ses inquiétudes à M. Arnott, M. Harrel ayant dit que, pour dissiper tous les soupçons sur l'état de sa fortune, il allait donner une superbe fête à laquelle il inviterait toutes les personnes importantes qu'il connaissait, et même celles qu'il avait entendu nommer dans sa vie.

Quoiqu'une extravagance aussi incorrigible n'annonçât rien de bon, Cécilia ne voulut cependant pas renoncer à son projet, et parla dès le jour même à M. Arnott, qui, après l'avoir écoutée tristement, lui avoua qu'il désapprouvait depuis bien longtemps la conduite de son beau-frère et que la situation de sa sœur le faisait trembler. Ils examinèrent alors ensemble ce qu'il conviendrait de leur proposer qui fût propre à rétablir leurs affaires, et ils conclurent que, pour éviter une ruine totale, il leur fallait quitter Londres pendant quelques années.

M. Arnott, en tremblant, fit part à sa sœur de cette idée. Elle l'en remercia, lui dit qu'elle y réfléchirait et qu'elle en parlerait à son mari; mais les parties de plaisir dans lesquelles elle s'engagea, lui firent oublier sa promesse.

Cécilia crut alors devoir parler elle-même. Mistress Harrel, adoucie par le service important qu'elle leur avait rendu, ne trouva plus mauvais qu'elle se mêlât de ce qui les regardait. Elle se contenta de lui dire qu'elle avait un éloignement invincible pour la campagne et qu'il lui était impossible d'y passer d'autre saison que l'été. Cécilia lui prouvant sans peine la faiblesse de cette objection quand il s'agissait de sa sûreté et de son bonheur à venir, elle répondit que rien de plus fâcheux ne pouvant lui arriver dans le cas où elle serait ruinée, il serait cruel d'exiger qu'elle fît à l'avance un pareil sacrifice.

Alors Cécilia, quoique sans beaucoup d'espérance, prit le parti de s'adresser à M. Harrel lui-même; et saisissant une occasion qu'elle ne lui donna pas le temps d'esquiver, elle lui dit franchement ce qu'elle pensait de sa situation et de la manière dont il pourrait s'en tirer.

Il l'écouta avec la plus grande attention, mais lui répondit qu'elle se trompait de beaucoup sur l'état de ses affaires, qu'il se flattait de pouvoir bientôt rétablir entièrement; qu'il avait eu la veille une veine de bonheur étonnante, et que, pour peu qu'elle durât, il ne tarderait guère à acquitter toutes ses dettes.

Cet aveu, qui prouvait que M. Harrel jouait encore, désola Cécilia, qui n'hésita pas à lui représenter combien il devait peu compter sur une ressource aussi incertaine, et lui retraça avec énergie tous les maux qu'entraîne inévitablement la passion du jeu.

Elle ne fit cependant pas la moindre impression sur son esprit; bientôt il parvint à s'échapper, l'assurant qu'avant peu il lui donnerait de bonnes nouvelles.

M. Arnott ne put que gémir avec Cécilia du mauvais succès de leurs tentatives, et bien qu'ils ne négligeassent jamais de ramener ce sujet sur le tapis, leurs efforts furent toujours infructueux.

Une explication.

Dès que les suites de l'accident du Panthéon cessèrent de retenir chez lui le jeune Delvile, il vint faire une visite à M. Harrel. Quoique celui-ci fût prêt à sortir au moment de son arrivée, le désir qu'il avait d'établir une liaison entre lui et un jeune homme d'aussi grande famille, fit qu'il le reçut, le conduisit chez sa femme, et l'invita à venir le lendemain prendre le thé et passer la soirée.

Cécilia, qui était alors avec mistress Harrel, ne le vit point entrer sans une émotion qu'augmentait encore la nécessité où elle se trouvait de le remercier aussitôt des secours qu'il lui avait portés, et de lui demander comment il s'était porté depuis cet événement.

Mortimer répondit brièvement à sa question du ton le plus aimable et le plus poli; mais cet air d'intérêt et de sensibilité, qui, dans la soirée du Panthéon, avait ranimé les espérances de Cécilia et dissipé tous ses doutes, n'existait plus; il était remplacé par une manière dégagée et un enjouement qui, sans témoigner une complète indifférence, n'annonçait aucun désir marqué de plaire.

Déconcertée à la vue de ce changement, Cécilia éprouvait une anxiété tout à fait pénible, et ne se remit un peu que lorsqu'elle l'entendit accepter l'invitation de M. Harrel pour le lendemain.

Ce lendemain venu, Cécilia, contre sa coutume,

n'éprouva aucune répugnance à se joindre à la compagnie. Le jeune Delvile montrait la même gaieté, la même liberté d'esprit qu'il avait montrée la veille. Il était pourtant évident que sa plus grande satisfaction lui venait du plaisir de causer avec miss Beverley; mais Cécilia eut le chagrin de remarquer qu'il se retirait chaque fois que sir Robert s'approchait, comme s'il eût cru convenable de céder la place à celui qu'il croyait avoir avec elle des engagements indissolubles.

Néanmoins, quand le baronnet, qui se mit d'une partie de whist, fut tout occupé de son jeu, n'ayant plus de scrupule, il vint s'asseoir auprès d'elle, et fit en sorte qu'elle ne s'entretînt qu'avec lui. Il lui parla des affaires de M. Belfield, lui dit que la lettre qu'il lui avait montrée n'avait pas produit l'effet qu'il s'en promettait, mais qu'il prenait des mesures différentes, dont il espérait beaucoup mieux. Il avait communiqué ses vues à M. Belfield, et se flattait que la perspective d'être employé avantageusement lui rendrait les forces et le courage.

— Je ne saurais pourtant vous cacher, ajouta-t-il, que j'ai plutôt obtenu son consentement pour les démarches que je fais que son approbation. Je crois même que si je l'avais consulté d'avance, il ne me l'aurait pas donné. Trompé dans son attente, il n'est plus le même qu'autrefois; découragé et désespéré, il consent à peine à accepter des services d'amis, parce qu'il est encore tourmenté du souvenir de l'avancement auquel il croyait devoir s'attendre. Le temps, j'espère, calmera cette susceptibilité. Il faudra même user d'une grande patience pour adoucir son humeur; autrement, en cherchant à l'obliger, on ne ferait que le tourmenter. La maladie, le chagrin et la pauvreté l'ont accablé à la fois : nous aurions tort de nous étonner de le trouver aussi peu traitable.

Cécilia, à qui la franchise et la générosité de Mortimer donnaient une vive satisfaction, le confirma dans ses sentiments, et leur donna même une nouvelle force en l'assurant qu'elle pensait absolument comme lui.

Depuis ce moment, il trouva presque tous les jours occasion de la voir chez elle. La démarche qu'elle avait faite près de lui en faveur de M. Belfield lui donnait le droit de venir l'informer de tout ce qu'il tentait pour changer la position de cet honnête jeune homme; tantôt c'était une lettre qu'il voulait lui montrer, tantôt des espérances qu'il voulait lui faire partager. Si miss Beverley était souffrante, il venait chercher de ses nouvelles, et mistress Harrel, d'ailleurs, l'invitait souvent, ce qui le dispensait de trouver un prétexte. Toutefois, quoique ses liaisons avec Cécilia devinssent chaque jour plus intimes et que le goût qu'il témoignait pour sa société parût encore augmenter par le plaisir d'en jouir, il n'eut jamais l'air de douter un instant de ses engagements avec le baronnet, et ne manifesta ni le désir ni l'intention de le supplanter.

Cécilia vivait alors si heureuse, qu'elle cessait de se chagriner d'une méprise qui, au reste, lui semblait propre à lui donner le temps de mieux étudier le caractère de celui qu'il lui importait si fort de bien connaître.

Les choses étaient en cet état, lorsqu'un soir que l'on attendait compagnie, Cécilia se trouvant seule dans le salon, dont mistress Harrel venait de sortir pour aller répondre à un billet, sir Robert entra, devançant la société.

— Ah! s'écria-t-il, aussitôt qu'il l'aperçut, suis-je assez heureux pour vous trouver seule? C'est une faveur que j'avais craint de ne jamais obtenir.

Cécilia allait se retirer à l'instant, lorsque l'idée qu'elle ne trouverait jamais une meilleure occasion de s'expliquer avec lui, l'arrêta. Le baronnet s'approcha d'elle, saisit sa main, malgré ses efforts pour la retirer, et la portant à ses lèvres :

— Vous êtes une femme charmante! s'écria-t-il.

Tout à coup la porte s'ouvrit, et on annonça M. Mortimer Delvile, qui entra sur-le-champ.

Cécilia, rougissant beaucoup et très-irritée, retira promptement sa main. Delvile parut incertain de savoir s'il devait rester ou s'en aller, et le baronnet, remarquant son hésitation, le salua d'un air moitié triomphant et moitié fâché, en lui disant :

— Monsieur, votre très-humble serviteur.

L'embarras et la crainte de ce qui pouvait suivre furent bientôt dissipés par le retour de mistress Harrel et l'arrivée d'une partie de ceux qu'on attendait.

Le reste de la soirée se passa très-péniblement pour Cécilia; la situation dans laquelle Mortimer venait de la trouver était peu propre à dissiper des soupçons dont elle gémissait; aussi le voyait-elle plus que jamais attentif à laisser le champ libre au baronnet.

Ce dernier ne manquait pas de s'en prévaloir; il portait la tête haute, parlait plus souvent et plus familièrement à Cécilia que de coutume, et conserva toute la soirée son air avantageux et satisfait.

Cécilia, indignée de la présomption de cet homme, qu'elle méprisait souverainement, blessée de la conduite de Delvile, résolut de ne plus s'en remettre au temps du soin de détruire une erreur qui l'humiliait, et après une nuit passée sans sommeil, négligeant les avis de M. Monkton, elle prit le parti de s'adresser à M. Delvile.

Dès le lendemain matin elle se rendit à Saint-James-Square, et les allées et venues ordinaires ayant duré près d'un quart d'heure, on l'introduisit dans une chambre où M. Delvile était avec son fils.

Charmée de les trouver ensemble, elle abrégea les propos d'usage, et dit à son tuteur, qu'encouragée par ses offres de service, elle prenait la liberté de s'adresser à lui pour lui demander son assistance.

En l'entendant parler ainsi, Mortimer se leva pour sortir, mais elle le pria de ne point se déranger, assurant qu'elle souhaitait que ce qu'elle avait à dire fût plutôt public que secret.

Delvile, trop heureux de pouvoir satisfaire sa curiosité, se rassit aussitôt.

— Je n'aurais jamais pensé, continua-t-elle, à faire connaître, même au plus intime de mes amis, les attentions qu'il a plu à sir Robert Floyer de me témoigner, s'il eût laissé à mon choix de les publier ou de les cacher; mais comme toute sa conduite paraît non-seulement tendre à les rendre publiques, mais encore à insinuer que j'en suis flattée et que je les approuve, comme M. Harrel, de son côté, cédant au zèle que son amitié pour le baronnet, et le désir de le servir lui inspirent, a paru confirmer ces bruits, qui pourraient avoir des suites fâcheuses, il me semble qu'il est temps de m'en occuper; et c'est pourquoi, monsieur, je viens vous demander vos conseils sur la manière dont je dois m'y prendre pour les faire cesser.

L'extrême surprise du jeune Delvile à ces mots fut aussi manifeste qu'elle fut agréable à Cécilia dont elle dissipait bien des craintes.

— La conduite de M. Harrel, répondit M. Delvile, n'a en aucune manière été celle d'un homme qui cherche à me faire oublier qu'il est fils d'un intendant de M. Graut, qui demeurait dans le voisinage de mon parent et ami le duc de Derwent; et je ne saurais trop me féliciter de n'avoir jamais consenti à faire aucune démarche publique avec lui. Le doyen n'a certainement rien fait dans sa vie d'aussi ridicule que de nommer MM. Harrel et Briggs conjointement avec M. Delvile. Cette action, tout offensante qu'elle m'a paru, n'a point diminué l'estime que j'avais pour ce digne ecclésiastique; et je ne pourrais en donner une preuve plus convaincante que mon empressement, dans toutes les occasions, à offrir à sa nièce mes avis et mes instructions. M. Harrel aurait assurément dû, avant de répondre à sir Robert Floyer, l'engager à me communiquer ses propositions. — Rien de plus certain, répondit Cécilia, qui voulait abréger ce pompeux discours; mais ce devoir ayant été négligé, ne trouverez-vous pas trop hardi que j'ose vous prier de parler vous-même au baronnet, et de lui déclarer l'inutilité de ses poursuites, puisque rien ne saurait me faire changer à son égard, et que je suis plus résolue que jamais à refuser sa main.

Ici l'entretien fut interrompu par l'arrivée d'un domestique qui parla bas à M. Delvile. Celui-ci fit ses excuses à Cécilia de ce qu'il était obligé de la quitter pour quelques moments, l'assura que nulle affaire, quelle que fût son importance, ne l'empêcherait de penser à ce qui la concernait, et promit de revenir la trouver aussitôt qu'il lui serait possible.

L'étonnement que causait à Mortimer ce qu'il venait d'entendre, lui fit garder quelque temps le silence, après que son père fut sorti; puis d'un air qui exprimait encore la surprise :

— Est-il possible, miss Beverley, dit-il, que je me sois trompé deux fois aussi grossièrement? ou plutôt que toute la ville, et même vos amis intimes, soient restés si longtemps dans l'erreur. — Quant à la ville, répondit Cécilia, je ne conçois pas comment elle a pu s'intéresser dans une affaire d'aussi peu d'importance. Pour mes amis intimes, le nombre en est si petit, qu'il n'est guère vraisemblable qu'ils aient été si mal informés. — Pardonnez-moi, s'écria Delvile, ce que j'ai su, je l'ai appris d'une personne qui devait naturellement être bien instruite. — Je vous conjure donc, dit Cécilia, de m'apprendre qui est cette personne? — M. Harrel lui-même, qui l'a dit en ma présence à une dame, dans une assemblée publique, et assez haut pour que je pusse l'entendre.

Cécilia, contenant son indignation, leva les yeux au ciel mais ne répondit rien. — Vous êtes donc libre! vous êtes libre! reprit Mortimer avec une émotion dont il n'était pas maître; ah! miss Beverley, à combien de gens cette découverte peut-elle devenir fatale! — Vous pensiez donc, dit Cécilia en affectant un ton de plaisanterie pour dissimuler son trouble, vous pensiez donc qu'il était impossible de résister à sir Robert Floyer? — Oh! non, s'écria-t-il, au contraire, je me suis mille fois étonné de son bonheur; mille fois en vous regardant et en vous écoutant, ce bonheur me semblait incompréhensible; mais comment ne point croire à ce qui était annoncé comme une chose certaine par le tuteur chez lequel vous demeurez. — Cependant, reprit Cécilia, vous m'avez entendue souvent me servir d'expressions qui devaient vous faire soupçonner quelque mystère. — Non, je n'ai jamais soupçonné ni mystère, ni méprise, quoique j'aie quelquefois imaginé que vous vous repentiez de cet engagement. J'en concluais qu'on vous l'avait fait contracter sans vous laisser le temps de réfléchir. Il y a même eu des occasions où j'ai été tenté de vous avouer mes soupçons, et de vous exhorter... comme ami, à reprendre votre indépendance, si vous vous étiez liée par imprudence ou par contrainte. Il est vrai que ce procédé me paraissait peu honnête envers le baronnet. Quel droit d'ailleurs pouvait autoriser une pareille hardiesse, si ce n'était le désir de servir la plus aimable des femmes? — M. Harrel est si singulièrement dévoué à cet ami, dit Cécilia, que dans son zèle il paraît avoir oublié toute autre considération; aurait-il, sans cela, pris tant de soin d'accréditer un bruit dont il était si facile de découvrir la fausseté. — Si le baronnet, repartit Mortimer, s'est lui-même trompé en trompant les autres, qui pourrait s'empêcher de le plaindre? Quant à moi, loin de murmurer d'avoir été jusqu'à présent dans l'erreur, je me réjouis plutôt d'une méprise qui, peut-être, m'a préservé du danger!

Cécilia, très-embarrassée de soutenir cette conversation, commençait à désirer le retour de M. Delvile et à témoigner quelque surprise de la longueur de son absence.

— C'est en effet, dit Delvile, prendre mal son temps, à présent... au moment que... Ah! dangereux moment! s'écria-t-il en se levant dans une grande agitation.

Cécilia se leva à son tour et sonna aussitôt.

— Je suis sûre. dit-elle, que M. Delvile sera longtemps retenu par ses occupations. Je vais faire avertir mes porteurs et je reviendrai une autre fois. — Serait-ce moi qui vous ferais fuir? demanda Mortimer en affectant un air plus tranquille. — Non, répondit-elle; mais je ne voudrais pas déranger M Delvile.

Un domestique vint et dit que la chaise était prête. Elle voulait le suivre, mais Delvile lui ayant de nouveau adressé la parole, elle s'arrêta pour l'écouter.

— Je crains, dit-il, après avoir longtemps hésité, de m'être trop expliqué... et que vous ne puissiez... mais l'extrême surprise...

Il n'acheva pas, garda quelques instants le silence, puis reprit enfin :

— Permettez que j'aie l'honneur de vous donner la main jusqu'à votre chaise.

Il descendit avec elle, et lui fit, en la quittant, un profond salut sans prononcer un mot.

La situation actuelle de Cécilia était la plus délicieuse qu'elle eût jamais connue. Certaine d'avoir fait sur le cœur de Mortimer une vive impression, elle préférait la manière dont il avait laissé échapper son secret à la déclaration la plus formelle. Elle était enfin parvenue à le convaincre qu'elle n'avait aucun engagement, et, en retour, quoique sans paraître en avoir l'intention, il avait trahi le vif intérêt qu'il prenait à cette découverte. Son trouble, les mots qui lui étaient échappés, l'effort qu'il avait fait sur lui-même pour ne pas en dire davantage, tout offrait les preuves des sentiments particuliers qu'elle désirait inspirer. Ces preuves satisfaisaient à la fois son cœur et son amour-propre, car la défiance de Mortimer ne pouvait naître que de la crainte de ne point lui plaire, ce qui l'assurait que, par aucune faiblesse, par aucune imprudence, elle n'avait encore laissé échapper son secret. Elle pouvait donc mettre autant de dignité que de franchise dans la manière dont elle se proposait de recevoir sa déclaration, et ne s'engager irrévocablement que lorsqu'ils auraient eu le temps de mieux se connaître l'un et l'autre.

Cécilia ne fut cependant pas dans le cas d'user de cette réserve aussi promptement qu'elle l'avait pensé; elle ne revit pas le jeune Delvile de la journée, et il ne se présenta même pas la suivante. La troisième, elle était persuadée qu'il viendrait... cependant il ne vint point.

Tandis qu'elle s'étonnait d'une absence aussi peu naturelle, elle reçut un billet de lord Ernolf, qui lui demandait une audience de deux minutes, à l'heure qu'il lui conviendrait d'indiquer.

Cécilia lui fit répondre sur-le-champ qu'elle ne sortirait pas de tout le reste du jour, désirant terminer promptement par un refus toutes les affaires de ce genre, à l'exception d'une seule.

Au bout d'une demi-heure, lord Ernolf arriva. Elle le trouva spirituel et poli; il témoigna désirer ardemment qu'elle acceptât la main de son fils. Il lui dit avoir fait la proposition de ce mariage à M. Harrel, qui lui avait répondu qu'elle était engagée avec sir Robert Floyer; qu'il se serait bien gardé de venir l'importuner, s'il n'avait appris la veille, chez M. Delvile, que M. Harrel s'était trompé, et qu'elle ne s'était encore décidée en faveur de qui que ce fût. Il espérait donc qu'elle voudrait bien permettre que son fils eût l'honneur de lui rendre ses devoirs, et que lui-même parlât à M. Briggs, qu'on lui avait dit être chargé du soin de sa fortune, afin qu'ils prissent ensemble les arrangements convenables.

Cécilia le remercia de l'honneur qu'il voulait lui faire, lui confirma la vérité de ce qu'il avait appris chez M. Delvile, lui disant en même temps qu'elle ne pouvait consentir à recevoir les visites du jeune lord, et qu'elle le priait de ne plus se donner de peine pour la conclusion d'une affaire qui ne pouvait jamais avoir lieu.

Il parut très-mortifié de sa réponse, et il s'efforça, pendant quelque temps, d'ébranler sa résolution; mais il la trouva si décidée, quoique polie dans son refus, qu'il fut obligé, à son grand regret, de mettre un terme à ses sollicitations.

Cécilia, quand il eut pris congé, songea, avec un certain dépit, à l'empressement que mettait M. Delvile à favoriser les desseins de lord Ernolf. Elle se repentit de n'avoir point trouvé moyen de savoir quelles étaient les personnes présentes, lorsqu'il avait été question d'elle à Saint-James-Square, bien qu'elle se plût à se persuader que M. Delvile seul avait donné les informations.

D'un autre côté, ne remarquant aucun changement dans la conduite du baronnet, qui, bien au contraire, paraissait aussi sûr de réussir dans ses poursuites que si elle les avait encouragées, elle se décida à ne plus compter sur d'autres que sur elle-même pour terminer cette affaire, et, pour en finir, elle écrivit à sir Robert la lettre suivante :

« Miss Beverley présente ses compliments à sir Robert Floyer; comme elle a des raisons de soupçonner que M. Harrel ne lui a pas rendu fidèlement sa réponse à la demande qu'il l'avait chargé de faire, elle croit nécessaire, pour éviter toute méprise, de lui témoigner sa reconnaissance de l'honneur qu'il lui destinait, et de le prier de ne plus perdre un seul moment de son temps auprès d'elle, puisqu'elle ne peut et ne pourra jamais répondre à ses soins que par de simples remercîments. »

» Portman-Square, 11 mai 1779. »

Elle ne reçut aucune réponse à ce billet; mais elle remarqua avec plaisir qu'il ne vint pas chez M. Harrel le jour qu'elle le lui envoya, et quand il y vint le lendemain, il avait l'air de mauvaise humeur et ne lui dit pas un mot.

Cependant Delvile ne se montrait point. Le chagrin de Cécilia égalait sa surprise; elle ne trouvait pas un seul motif qui pût expliquer sa conduite; Il savait maintenant qu'il n'avait aucun rival à redouter; la manière dont il avait reçu cette assurance prouvait assez qu'elle ne lui était pas indifférente. Pourquoi donc ses visites étaient-elles si fréquentes dans le temps où il la croyait engagée, et devenaient-elles si rares depuis qu'il la savait libre?

Un désappointement.

Dans le désir de s'arracher aux tristes réflexions

qui l'accablaient dans la solitude, Cécilia sortit un matin pour aller voir miss Belfield.

Cette jeune personne lui dit que son frère allait beaucoup mieux, qu'il était sorti la veille en voiture, et que cette petite course lui avait fait tant de bien, que M. Rupil ordonnait qu'il allât prendre l'air tous les jours.

— Et le fera-t-il? demanda Cécilia. — Je crains bien que non, répondit Henrietta, car le louage d'un carrosse est fort cher, et dans ce moment-ci nous tâchons d'épargner tout ce que nous pouvons, afin de lui fournir ce qu'il lui faut pour son voyage.

Cécilia la pria instamment de recevoir quelques secours d'elle; mais elle répondit qu'elle n'oserait le faire sans le consentement de sa mère qu'elle promit de demander.

Le lendemain, lorsque Cécilia revint pour savoir le résultat de ses offres, mistress Belfield, qui jusqu'alors, s'était tenue à l'écart, parut. Sa personne, ses manières et sa conversation annonçaient une femme très-ordinaire, aussi peu ressemblante à son fils par son esprit et son instruction, qu'à sa fille par la douceur et la délicatesse de ses sentiments.

Cécilia n'eut pas plutôt pris place, que cette femme commença à parler de ses affaires, et à conter en murmurant tous ses malheurs.

— Je sais, madame, dit-elle, que vous avez eu la bonté de visiter plusieurs fois ma fille Henrietta. Comme je n'avais pas un seul moment à donner à la compagnie, je me suis toujours tenue à l'écart, ayant bien autre chose à faire que de babiller. J'ai eu ici, madame, de bien mauvaises heures à passer pendant la maladie de mon pauvre fils. Privée de toute espèce de commodité, ayant bien de la peine à lui faire entendre raison, car il ne veut jamais suivre que sa tête, pauvre chère âme! Mais, madame, qu'est-ce qui en arrivera? vous voyez comme tout va mal! Quoique j'aie une bonne pension, elle ne peut pas suffire à tout; car vous voyez que mon pauvre fils, je ne crains pas de le dire, après avoir fait autant de figure que le gentilhomme le plus huppé de la ville, s'est trouvé réduit, et cela dans une minute, à la plus grande misère. — Sa santé est, j'espère, beaucoup meilleure? repartit Cécilia. — Oui, madame, grâce à Dieu; car s'il était plus mal, je ne serais pas ici. Il a été le meilleur fils du monde, et ne fréquentant que la plus haute compagnie; car je n'ai épargné ni peine ni argent pour lui procurer une bonne éducation, et je crois qu'il n'y a pas un seigneur dans toute la Grande-Bretagne qui ait plus que lui l'air d'un gentilhomme. Cependant cela n'a produit aucun bien : quoique toutes ses connaissances fussent de la première qualité, il n'en a jamais reçu la valeur d'un schelling; aussi j'aurais tort de m'enorgueillir; il vaudrait peut-être mieux qu'il eût été élevé pour la boutique et pour être marchand comme était son père. — Ses nouvelles vues, dit Cécilia, vous récompenseront sans doute amplement de vos souffrances et de vos sacrifices.—Quoi! lorsqu'il est prêt à me quitter, et à s'établir dans les pays étrangers? Ah! madame, si vous étiez mère, vous ne trouveriez pas cette récompense bien agréable. — S'établir! dit Cécilia, non; son voyage ne sera que de deux ou trois ans. — Et qui sait ce qui arrivera dans cet intervalle, et ce que je deviendrai pendant qu'il sera par delà les mers? Je vous avoue que je ne suis rien moi-même; car il a toujours été l'objet de ma vanité. Je comptais que chaque schelling que j'épargnais pour lui produirait une guinée. — Votre fille vous restera. Elle paraît si aimable, qu'elle vous donnera toutes les consolations dont vous pourrez avoir besoin. — Mais qu'est une fille, madame, comparée à un fils tel que le mien? Un fils que j'espérais voir un jour vivre comme un prince, et envoyer son carrosse me chercher pour dîner chez lui? et à présent il va m'être enlevé. Mais je ne puis m'en prendre qu'à moi; si je l'avais élevé pour la boutique... Il est vrai que tout le monde aurait crié au meurtre; car lorsqu'on le portait encore dans les bras, tous nos voisins disaient qu'il était né pour être gentilhomme, et que, s'il vivait, il ferait soupirer plus d'une grande dame. — Pourvu qu'il vous rende heureuse, repartit Cécilia en souriant, nous nous consolerons de voir les grandes dames démentir la prédiction. — Ah! madame, ce n'est pas que je veuille vous faire entendre qu'il ait été trop libre avec les dames. J'ose assurer au contraire, que si l'une d'elles venait à prendre du goût pour lui, elle trouverait qu'il n'y a pas d'homme plus modeste; mais pensez combien il m'est dur de le voir si mal réussir. Moi qui me refusais tout au monde, afin d'épargner l'argent nécessaire pour qu'il eût de beaux habits, et qu'il pût briller à l'Opéra, à Ranelagh et à d'autres lieux de cette espèce, je le vois aujourd'hui dans une petite vilaine chambre, au second étage, où pas un de ces seigneurs avec lesquels il passait sa vie, ne vient s'informer s'il est mort ou vivant. — Je ne m'étonne pas que vous soyez blessée de leur conduite; ce qui doit un peu vous consoler, c'est que la même chose n'arrivera plus par la suite, parce que M. Belfield sera assez prudent pour ne plus se fier à de vaines espérances, et se reposer sur de pareilles liaisons. — Mais quel bien cela me fera-t-il, madame? Et s'il arrivait qu'il se noyât en passant la mer, que deviendrais-je alors? — Il ne faut pas, lui dit Cécilia, vous livrer à de pareilles frayeurs; je suis sûre que votre fils reviendra en bonne santé, et qu'il vous procurera toute la satisfaction que vous pouvez désirer. — Personne n'en sait rien, madame, et je suis étonnée que vous puissiez souhaiter qu'il entreprenne un voyage dans je ne sais quel pays, n'ayant pour toute société qu'un petit monsieur, auquel, pendant toute la route, il faudra qu'il enseigne l'a b c. — Certainement, dit Cécilia, surprise de ce reproche, je ne souhaiterais point qu'il voyageât s'il pouvait faire quelque chose de mieux en restant en Angleterre; mais, comme je n'y vois aucune apparence, il faut vous résoudre à cette séparation, et vous efforcer d'avance à en prendre votre parti. — Oui; mais on ne me persuadera jamais qu'il n'eût pu mieux faire, s'il avait seulement voulu dire une bonne parole en sa propre faveur, ou s'il m'eût laissé le soin de m'en acquitter pour lui. Au lieu de cela, il n'a pas seulement voulu permettre que je visse un de ces seigneurs ses amis, quoique je ne me fusse pas fait le moindre scrupule de leur demander tout ce dont il pouvait avoir envie.

Cécilia essaya de nouveau de la consoler; mais, s'apercevant que la seule satisfaction de cette femme était d'exhaler son mécontentement, elle se leva pour prendre congé. S'étant premièrement tournée du côté de miss Belfield, elle trouva moyen de lui demander tout bas si elle pouvait réitérer ses offres :

la pauvre enfant, pour toute réponse, la regarda d'un air contrit et humilié; elle comprit ce langage, lui mit dans la main un billet de banque de dix livres, et leur souhaitant le bonjour, se hâta de sortir.

Henrietta s'empressait de la suivre. Mistress Belfield la retint, demandant à haute voix : qu'est-ce que c'est?... combien?... que je le voie. Puis elle courut elle-même après Cécilia, la retrouva sur l'escalier, qu'elles descendirent ensemble, et ne cessa de la remercier à grand bruit de sa libéralité, l'assurant qu'elle aurait soin d'en instruire son fils.

Cécilia, qui se trouvait alors à la porte de la rue, se retourna et l'exhorta fortement à se bien garder d'en rien faire; après quoi elle entra dans sa chaise et se fit porter chez elle, plaignant Henrietta de l'injuste préférence qui la sacrifiait à son frère, mais pardonnant à celui-ci après ce qu'elle venait de voir des manières basses et triviales de mistresse Belfield, la fierté qui l'avait porté à ne pas la produire dans le monde.

Il s'était déjà écoulé deux semaines depuis son explication avec Mortimer, et il ne s'était pas présenté à sa porte une seule fois, tandis qu'avant, il ne se passait pas un jour sans qu'il ne trouvât un prétexte pour venir chez elle. Elle reçut enfin un billet de mistress Delvile. Il contenait les reproches les plus flatteurs de sa longue absence, et une invitation très-pressante pour qu'elle voulût venir dîner et passer la journée le lendemain.

Cécilia, que l'embarras qui naissait de sa situation présente avait seul engagée à se priver du plaisir d'aller à Saint-James-Square, profita avec une grande joie de cette occasion d'y retourner de la façon la plus simple et la plus naturelle. Son esprit s'occupait vainement à deviner comment Mortimer se conduirait avec elle; s'il serait gai ou sérieux, agité, comme il l'avait été pendant leur dernière conversation, ou parfaitement à son aise, comme dans toutes celles qui l'avaient précédée; son accueil allait-il renverser ses plus chères espérances? Allait-il les ranimer? Rien ne pouvait éclairer Cécilia sur un avenir si prochain; rien ne pouvait servir de base à la moindre conjecture; la conduite de Mortimer était si étrange!

A l'heure où Cécilia arriva pour dîner, mistress Delvile était seule. Quoiqu'un peu fâchée d'avoir été si longtemps sans voir miss Beverley, elle la reçut cependant avec une grande bonté, et Cécilia, charmée d'une réception aussi amicale, mais fort embarrassée de trouver une excuse plausible, se renferma dans la promesse de rendre désormais ses visites très-fréquentes.

On vint avertir que le dîner était servi. Delvile ne paraissait pas. Son père se présenta seul, et tout annonçait que l'on n'attendait personne.

Cécilia fut alors plus étonnée que jamais, et le souvenir du passé vint ajouter à sa peine; car jusqu'alors, toutes les fois qu'elle avait été invitée chez M. Delvile, l'air dont Mortimer la recevait annonçait clairement qu'il avait attendu son arrivée avec impatience, il renonçait à tout engagement pour rester avec elle, il lui avait témoigné vingt fois le désir de la voir fréquenter la société de sa mère, paraissant préférer sa compagnie à toute autre. Aujourd'hui quelle différence! non-seulement il ne mettait plus les pieds dans la maison qu'elle habitait, mais il fuyait la sienne quand il savait qu'elle devait y venir.

Le déplaisir qu'éprouvait alors Cécilia ne fut pas le seul qu'il lui fallut essuyer; dès que l'on fut sorti de table, M. Delvile lui témoigna son regret d'avoir été obligé de la quitter le jour qu'elle était venue le trouver, ajoutant qu'il voulait profiter de l'occasion qui se présentait pour s'entretenir avec elle d'affaires importantes.

Après le préambule d'usage, qu'il croyait propre à faire valoir la condescendance qu'il avait de se mêler de ses affaires, et à lui exagérer l'honneur que lui faisait un tuteur de son rang, il lui demanda si elle avait positivement congédié sir Robert Floyer.

Elle l'assura que rien n'était plus certain.

— J'ai appris par lord Ernolf, reprit M. Delvile, que vous aviez absolument refusé les soins de son fils. — Oui, monsieur, répondit Cécilia; je n'ai jamais eu l'intention de les recevoir. — Auriez-vous donc quelque autre engagement?—Non, monsieur, dit-elle en rougissant, aucun.—Cela me paraît bien extraordinaire, répliqua-t-il; le fils d'un comte refusé par une jeune personne dont la naissance n'est pas distinguée, et cela sans pouvoir donner aucune raison valable de ce refus.

Ces expressions méprisantes piquèrent cruellement Cécilia. S'il ne se fût agi ici que de miss Beverley et de M. Delvile, elle eût à peine daigné y faire attention; mais tout ce qui prouvait combien M. Monkton s'était trompé, combien un homme aussi hautain était loin de songer pour son fils à une alliance qu'il devait regarder comme dégradante, la frappait tellement au cœur qu'elle cessa de prendre part à l'entretien, laissa parler seul M. Delvile sur ce sujet tant qu'il lui plut, et ne lui répondit pendant toute la soirée que lorsqu'il lui adressa directement la parole.

Mistress Delvile, remarquant que miss Beverley avait été blessée de la manière dont s'était exprimé son mari, lui témoigna plus de tendresse, plus de considération que jamais, et Cécilia, touchée de sa délicatesse, redoubla pour elle de marques de respect et d'affection.

Toutefois, elle était agitée, triste et souffrante, en sorte qu'elle prit congé, dès qu'elle crut pouvoir le faire sans aucune affectation.

FIN DU DEUXIÈME VOLUME.

www.ingramcontent.com/pod-product-compliance
Ingram Content Group UK Ltd.
Pitfield, Milton Keynes, MK11 3LW, UK
UKHW020255250726
13967UKWH00004B/1701